物哀

物の哀れ

[日]本居宣长 大西克礼 著

王向远 译

江苏凤凰文艺出版社
JIANGSU PHOENIX LITERATURE AND ART PUBLISHING

只 为 优 质 阅 读

好
读

Goodreads

目 录

序

“物哀”[①]是理解日本文学与文化的一把钥匙

王向远

日本古代文论与日本古代文学一样，有着悠久的传统和丰厚的积淀。一方面，日本文论家常常大量援引中国文学的概念和标准来诠释日本文学，例如在奈良时代旨在为和歌确定标准范式的所谓“歌式”类文章中，及在平安时代最早的文学理论文献《古今和歌集序》中，都大量援引中国古代文论的概念范畴，特别是《毛诗序》中的概念与观点，并直接套用于和歌评论。另一方面，在独具日本民族特色的文学创作实践的基础

① 日文写作“物の哀れ”“物のあわれ”或“物のあはれ”，读作“mononoaware”，全用假名书写则为“もののあわれ”。

上，也逐渐形成了一系列独特的文论概念与审美范畴，如文、道、心、气、诚、秀、体／姿、雅、艳、寂、花／实、幽玄、余情、好色、粹、物哀等。但这些概念与范畴大多取自中国，或多或少地受到了中国哲学、美学、文学与文论的影响，但经过日本人的改造，都确立了不同于中国的特殊内涵与外延，并且在理论上自成体系。其中，产生于日本近世（17世纪后的江户时代）的相关概念极少受到中国的影响，属于日本本土性的文论范畴，“物哀”便是其中之一。

“物哀”是日本传统文学、诗学、美学理论中的一个重要概念。可以说，不了解“物哀”就不能把握日本古典文论的精髓，就难以正确深入地理解以《源氏物语》、和歌、能乐等为代表的日本传统文学，就无法认识日本文学的民族特色，不了解“物哀”也就很难全面地进行日本文论及东西方诗学的比较研究。中国的一些日本文学翻译与研究者，较早就意识到了“物哀”及其承载的日本传统文学、文论观念的重要性。早在20世纪80年代初，我国的日本文学翻译与研究界就对“物哀”这个概念如何翻译、如何以中文来表达，展开过研究与讨论，其中大体上可以分为两种意见。一种意见认为，“物哀”是一个日语词，要让中国人理解，就需要翻译成中文，如李芒先生在《“物のあわれ”汉译探索》[①]一文中，就主张将“物のあわれ”译为“感物兴叹”。李树果先生在随后发表的《也谈“物のあわれ”》[②]中表示赞同李芒先生的翻译，但又认为可以翻译得更为简练，应译为“感物”或“物感”。后来，佟君先生的《日本古典文艺理论中的“物之哀”浅论》一文，也在基本同意李芒译法的基础上，主张将“感物兴叹”译为“感物兴情”[③]等。有些学者没有直接参与“物哀”翻译的讨论，但在自己的有关文章或著作中，也对“物哀”做出了解释性的翻译。例如，20世纪20年代谢六逸先生在其《日本文学史》一书中，将“物哀”译为“人世的哀愁”，80年代刘振瀛（佩珊）等先生翻译的西乡信纲《日本文学史》则将“物哀”译为“幽情”，吕元明在《日本文学史》一书中则译之为“物哀怜”，赵乐甡在翻译铃木修次的《中国文学与日本文学》一书时，将“物

① 李芒：《“物のあわれ”汉译探索》，载《日语学习与研究》1985（6）。

② 李树果：《也谈“物のあわれ”》，载《日语学习与研究》1986（2）。

③ 佟君：《日本古典文艺理论中的“物之哀”浅论》，载《中山大学学报》1999（6）。

哀”翻译为“悯物宗情”。另有一些学者不主张将“物哀”翻译为中文，而是直接按日文表述为“物之哀”或“物哀”。例如，叶渭渠先生在翻译理论与实践中一直主张直译为“物哀”，陈泓先生认为“物哀”是一个专门名词，还是直译为“物之哀”为好。赵青在也认为，还是直接写作“物哀”，然后再加一个注释即可。笔者在1991年的一篇文章《“物哀”与〈源氏物语〉的审美理想》[①]及其他相关著作中，也不加翻译直接使用了“物哀”。

从中国翻译史与中外语言词汇交流史上来看，引进日本词汇与引进西语词汇，其途径与方法颇有不同。引进西语的时候，无论是音译还是意译，都必须加以翻译，都须将拼音文字转换为汉字，而日本的名词概念绝大多数是用汉字标记的。就日本古代文论而言，相关的重要概念，如“幽玄”“好色”“风流”“雅”“艳”等，都是直接使用汉字标记，对此我们不必翻译，而且如果勉强去“翻译”，实际上也不是真正的“翻译”，而是“解释”。解释虽有助于理解，但往往会使

---

① 王向远：《“物哀”与〈源氏物语〉的审美理想》，载《日语学习与研究》1991（1）。

词义增值或改变。清末民初我国从日本引进的上千个所谓“新名词”，实际上都不是“翻译”过来的，而是直接按汉字引进来的，如“干部”“个人”“人类”“抽象”“场合”“经济”“哲学”“美学”“取缔”等，刚刚引进时一些人看起来不顺眼、不习惯，但汉字所具有的会意的特点，也使得每一个识字的人都能大体上直观地理解其语义，故能使之很快融入汉语的词汇系统中。具体到“物哀”也是如此。将“物哀”翻译为“感物兴叹”“感物”“物感”“感物触怀”“悯物宗情”乃至“多愁善感”“日本式的悲哀”等，都多少触及了“物哀”的基本语义，但却很难表现出“物哀”的微妙蕴含。

要具体全面地了解“物哀”究竟是什么，就必须系统地研读18世纪日本著名学者、“国学”泰斗本居宣长的相关著作。

本居宣长（1730—1801），生于伊势松坂富裕商人之家，幼名小津富之助，通称弥四郎，实名荣贞，二十六岁后改实名为宣长，曾号石上散人、芝兰等，别号铃屋。宣长自幼好学，二十三岁到京都学医，主攻汉方（中医学），同时师从医生与儒学家堀景山学儒学与汉学，又受国学家契冲的影响，立志研究日本古典文学。宝历七年（1757），本居宣长回乡行医，同时潜心研究《源氏物语》等平安朝文学。宝历十三年（1763）

与国学名家贺茂真渊相识，并在真渊的影响与指导下，为探索古代日本人的精神世界，开始研究《万叶集》《古事记》。此后，撰写出了研究和歌的论著《石上私淑言》（1763）、研究鉴赏《万叶集》的《万叶集玉小琴》（1779）、研究《源氏物语》的《紫文要领》（1763）和《源氏物语玉小栉》（1796）等，此外还有大量关于音韵学、文字学、历史学、政治学等方面的著作，以及和歌、散文等作品。至晚年（1799）完成了研究《古事记》的鸿篇巨作《古事记传》四十四卷。本居宣长一生著作等身，多达九十种，是公认的日本“国学”的集大成者。

本居宣长在对日本传统的物语文学、和歌所做的研究与诠释中，首次对“物哀”这个概念做了系统深入的发掘、考辨、诠释与研究。

在研究和歌的专著《石上私淑言》一书中，本居宣长认为，和歌的宗旨是表现“物哀”，为此，他从辞源学角度对“哀”（あわれ）、“物哀”（もののあはれ）进行了追根溯源的研究。他认为，在日本古代，“あはれ”（aware）是一个感叹词，用以表达高兴、兴奋、激动、气恼、哀愁、悲伤、惊异等多种复杂的情绪与情感。日本古代只有言语没有文字，汉字输入后，人们便拿汉字的“哀”字来书写“あはれ”，但“哀”字本来的意思（悲哀）与日语的“あはれ”并不十分吻合。“物の哀”则是后来在使用的过程中逐渐形成的一个固定词组，使“あはれ”这个叹词或形容词实现了名词化。本居宣长对“あはれ”及“物の哀”的词源学、语义学的研究与阐释，以及从和歌作品中所进行的大量的例句分析，呈现出了“物哀”一词从形成、演变到固定的轨迹，使“物哀”由一个古代的感叹词、名词、形容词转换为一个重要概念，并使之范畴化、概念化了。

几乎与此同时，本居宣长在研究《源氏物语》的专作《紫文要领》一书中，以“物哀”的概念对《源氏物语》做了前所未有的全新解释。他认为，长期以来，人们一直站在儒学、佛学的道德主义立场上，将《源氏物语》视为“劝善惩恶”的道德教诫之书，而实际上，以《源氏物语》为代表的日本古代物语文学的写作宗旨是“物哀”和“知物哀”，而绝非道德劝惩。从作者的创作目的来看，《源氏物语》就是表现“物哀”；从读者的接受角度来看，就是要“知物哀”（“物の哀を知る”）。本居宣长指出：“每当有所见所闻，心即有所动。看到、听到那些稀罕的事物、奇怪的事物、有趣的事物、可怕的事物、悲痛的事物、可哀的事物，不只是心有所动，还想与别人交流与共享。或者说出来，或者写出来，都是一样的。对所见所闻，感慨之，悲叹之，就是心有所动。而心有所动，就是‘知物哀’。”本居宣长进而将“物哀”及“知物哀”分为两个方面：一是感知“物之心”，二是感知“事之心”。所谓的“物之心”主要是指人心对客观外物（如四季自然景物）的感受；所谓“事之心”主要是指通达人际与人情，“物之心”与“事之心”合起来就是感知“物心人情”。他举例说，看见异常美丽的樱花开放，觉得美丽可爱，这就是知“物之心”；见樱花之美，从而心生感动，就是“知物哀”。反过来说，看到樱花无动于衷，就是不知“物之心”，就是不知“物哀”。再如，能够体察他人的悲伤，就是能够察知“事之心”，而体味别人的悲伤心情，自己心中也不由得有悲伤之感，就是“知物哀”。“不知物哀”者却对这一切都无动于衷，看到他人痛不欲生毫不动情，就是不通人情的人。他强调指出：“世上万事万物，形形色色，不论是目之所及，抑或耳之所闻，抑或身之所触，都收纳于心，加以体味，加以理解，这就是知物哀。”综合本居宣长的论述，可以看出本居宣长提出的“物哀”及“知物哀”，就是由外在事物的触发引起的种种感情的自然流露，就是对自然人性的广泛包容、同情与理解，其中没有任何功利目的。

在《紫文要领》中，本居宣长进而认为，在所有的人情中，最令人刻骨铭心的就是男女恋情。在恋情中，最能使人“物哀”和“知物哀”的是悖德的不伦之恋，亦即“好色”。本居宣长认为：“最能体现人情的，莫过于‘好色’。因而‘好色’者最感人心，也最知‘物哀’。”《源氏物语》中绝大多数的主要人物都是“好色”者，由此而引起的期盼、思念、兴奋、焦虑、自责、担忧、悲伤、痛苦等，都是可贵的人情。只要是出自真情，都无可厚非，都属于“物哀”，都能使读者“知物哀”。由此，《源氏物语》表达了与儒教、佛教完全不同的善恶观，即以“知物哀”者为善，以“不知物哀”者为恶。看上去《源氏物语》对悖德之恋似乎是津津乐道，但那不是对悖德的欣赏或推崇，而是为了表现“物哀”。本居宣长举例说：将污泥浊水蓄积起来，并不是要欣赏这些污泥浊水，而是为了栽种莲花。如要欣赏莲花的美丽，就不能没有污泥浊水。写悖德的不伦之恋正如蓄积污泥浊水，是为了得到美丽的“物哀之花”。因此，在《源氏物语》中，那些道德上有缺陷、有罪过的离经叛道的“好色”者，都是“知物哀”的好人。例如，源氏一生风流好色成性，屡屡离经叛道，却一生荣华富贵，并获得了“太上天皇”的尊号。相反，那些道德上的卫道士却被写成了“不知物哀”的恶人。所谓劝善惩恶，就是说善有善报，恶有恶惩，使读者生警诫之心，而《源氏物语》绝不可能成为好色的劝诫。假如以劝诫之心来阅读《源氏物语》，对“物哀”的感受就会受到遮蔽，因而教诫之论是理解《源氏物语》的“魔障”。

就这样，本居宣长在《源氏物语》的重新阐释中完成了“物哀论”的建构，并从“物哀论”的角度，彻底颠覆了日本的《源氏物语》评论与研究史上流行的、建立在中国儒家学说基础上的“劝善惩恶”论及“好色之劝诫”论。他强调，《源氏物语》乃至日本传统文学的创作宗旨、目的就是“物哀”，即把作者的感受与感动如实表现出来与读者分享，以寻求他人的共感，并由此实现审美意义上的心理与情感的满足，此外没有教诲、教训读者等任何功用或实利的目的。读者的审美宗旨就是“知物哀”，只为消愁解闷、寻求慰藉而读，此外也没有任何其他功用的或实利的目的。在本居宣长看来，“物哀”与“知物哀”就是感物而哀，就是从自然的人性与人情出发，不受伦理道德观念束缚，对万事万物的包容、理解、同情与共鸣，尤其是对思恋、哀怨、寂寞、忧愁、悲伤等使人挥之不去、刻骨铭心的心理情绪有充分的共感力。“物哀”与“知物哀”就是既要保持自然的人性，又要有良好的情感教养，要有贵族般的超然与优雅，女性般的柔软、柔弱、细腻之心，要知人性、重人情、可人心、解人意、富有风流雅趣。用现代术语来说，就是要有很高的“情商”。这既是一种文学审美论，也是一种人生修养论。本居宣长在《初山踏》中说：“凡是人，都应该理解风雅之趣。不解情趣，就是不知物哀，就是不通人情。”在他看来，“知物哀”是一种高于仁义道德的人格修养，特别是情感修养，是比道德劝诫、伦理说教更根本、更重要的功能，也是日本文学有别于中国文学的道德主义、合理主义倾向的独特价值之所在。

“物哀论”的提出有着深刻的历史文化背景。它既是对日本文学民族特色的概括与总结，也是日本文学发展到一定阶段后，试图摆脱对中国文学的依附与依赖，确证其独特性、寻求其独立性的集中体现，标志着日本文学观念的一个重大转折。

历史上，由于感受到中国的强大存在并接受中国文化的巨大影响，日本人较早形成了国际感觉与国际意识，并由此形成了朴素的比较文学与比较文化观念。日本的文人学者谈论文学与文化上的任何问题，都要拿中国作比较，或者援引中国为例来证明日本某事物的合法性，或者拿中国做基准来对日本的某事物做出比较与判断。一直到16世纪后期的丰臣秀吉时代之前，日本人基本上是将中国文化与中国文学作为价值尺度、楷模与榜样，并以此与日本自身作比较的。但丰臣秀吉时代之后，由于中国明朝后期国力的衰微并最终为清朝取代，中国文化出现严重的禁锢与僵化现象，以及江户时代日本社会经济的繁荣及日本武士集团的日益强悍，日本人心目中的中国偶像破碎了。他们虽然对中国古代文化（特别是汉唐文化及宋文化）仍然尊崇，江户时代幕府政权甚至将来自中国的儒学作为官方意识形态，使儒学及汉学出现了前所未有的繁荣，但同时却又普遍对现实中的中国（明、清两代）逐渐产生了蔑视心理。在政治上，幕府疏远了中国，还怂恿民间势力结成倭寇，以武装贸易的方式屡屡骚扰进犯中国东南沿海地区。在这种情况下，不少日本学者把来自中国的“中华意识”与“华夷观念”加以颠倒和反转，彻底否定了中华中心论，将中国作为“夷”或“外朝”，而称自己为“中国”“中华”“神州”，并从各个方面论证日本文化如何优越于汉文化。特别是江户时代兴起的日本“国学”家，从契冲、荷田春满、贺茂真渊、本居宣长到平田笃胤，其学术活动的根本宗旨，就是在《万叶集》《古事记》《日本书纪》《源氏物语》等日本古典的注释与研究中极力摆脱“汉意”，寻求和论证日本文学与文化的独特性，强调日本文学与文化的优越性，从而催生了一股强大的复古主义和文化民族主义思潮。这股思潮将矛头直指中国文化与中国文学，并直指中国文化与文学的载体——汉学，直指汉学中所体现的所谓“汉意”即中国文化观念。“物哀论”正是在日本本土文学观念意识与“汉意”相抗衡的背景下提出来的。

正因为“物哀论”的提出与日中文学、文化之间的角力有着密切的关联，所以，只有对日本与中国的文学、文化加以比较，对日本文学与日本文化的优越性加以凸显与弘扬，“物哀论”才能成立。从这一角度来看，本居宣长的“物哀论”，很大程度上就是比较文学和比较文化论。

在本居宣长看来，日本文学中的“物哀”是对万事万物的一种敏锐的包容、体察、体会、感觉、感动与感受，这是一种美的情绪、美的感觉、感动与感受，这一点与中国文学中的理性文化、理智文化迥然不同。

在《石上私淑言》第六十三至六十六节中，本居宣长将中国的“诗”与日本的“歌”做了比较评论，认为诗与歌二者迥异其趣。中国之“诗”在《诗经》时代有淳朴之风，多有感物兴叹之篇。在该书第七十四节中，本居宣长指出：日本的和歌“只是‘物哀’之物，无论好事坏事，都将内心所想和盘托出，至于这是坏事、那是坏事之类，都不会事先加以选择判断，它只以‘物哀’为宗旨，而与道德无关，所以和歌对道德上的善恶不加甄别，也不做任何判断。当然，这也并不是视恶为善、颠倒是非，而只是以吟咏出‘物哀’之歌为至善”。

在《紫文要领》中，本居宣长认为人的内心本质就像女童那样幼稚、愚懦和无助，坚强而自信不是人情的本质，常常是表面上有意假装出来的。如果深入其内心世界，就会发现无论怎样的强人，内心深处都与女童无异，对此不可引以为耻，加以隐瞒。日本文学中的“物哀”就是一种弱女子般的感情表现，《源氏物语》正是在这一点上对人性做了真实深刻的描写，作者只是如实表现人物脆弱无助的内心世界，让读者感知“物哀”。在《紫文要领》中，本居宣长认为，将《源氏物语》与《紫式部日记》联系起来看，可知紫式部博学多识，但她的为人、为文都相当低调，讨厌卖弄学识，炫耀自己，讨厌对他人指手画脚地说教，讨厌讲大道理，认为一旦炫耀自己，一旦刻意装作“知物哀”，就很“不知物哀”了。因此，《源氏物语》通篇没有教训读者的意图，也没有讲大道理的痕迹，唯有以情动人而已。

在《石上私淑言》第八十五节中，本居宣长还从文学的差异这一方面进一步论述日本与中国的宗教信仰、思维方式、民族性格差异。他认为日本从神代以来，就有各种各样不可思议的灵异之事，以中国的书籍则难以解释，后世也有人试图按中国的观念加以合理解释，结果更令人莫名其妙，也从根本上背离了神道。他认为这就是中国的"圣人之道"与日本的"神道"的区别。他说："日本的神不同于外国的佛和圣人，不能拿世间常理对日本之神加以臆测，不能拿常人之心来窥测神之御心，并加以善恶判断。天下所有事物都出自神之御心，出自神的创造，因而必然与人的想法有所不同，也与中国书籍中所讲的道理多有不合。所以，'歌道'也与中国书籍中阐述的那些道理不同，是以'神道'为宗旨来思考问题的。"在本居宣长看来，日本的"神道"是一种感情的依赖、崇拜与信仰，是神意与人心的相通，神道不靠理智的说教，而靠感情与"心"的融通，而依凭于神道的"歌道"也不做议论与说教，只是真实情感的表达。

由上可见，本居宣长的"物哀"论及其立论过程中的日中文化与文学比较论，大体抓住并凸显日本文学与中国文学的某些显著的不同特点，特别是指出了对中国文学中无处不在的道德主义，日本文学中的以“物哀”为审美取向的情绪性、感受性的高度发达，是十分具有启发性的概括，但他的日中比较是为着价值判断的需要而进行的、刻意凸显两者差异的、反比性的比较，而不是建立在严谨的实证与逻辑分析基础之上科学的比较，因而带有强烈的主观性，有些结论颇有片面偏激之处。例如，他断言中国诗歌喜欢议论说教、慷慨激昂、冠冕堂皇，实际上，中国文学博大精深，风格样式复杂多样，很难一言以蔽之，如以抒写儿女情长为主的婉约派宋词显然就不能如此概括。

本居宣长要证明日本的优越，为了说明日本与中国如何不同并证明日本的独特，就想切割掉日本与中国文化上的渊源关系。从本居宣长的“物哀论”的立论过程及日中文学与文化的对比来看，明显体现了这样一个根本意图，那就是彻底清除日本文化中的中国影响即所谓的“汉意”，以日本的“物哀”对抗“汉意”，从确认日本民族的独特精神世界开始，确立日本民族的根本精神，即寄托于所谓“古道”中的“大和魂”。

在学术随笔集《玉胜间》中，本居宣长将“汉意”对日本人渗透程度做了一个判断。他认为："所谓汉意，并不是只就喜欢中国、尊崇中国的风俗人情而言，而是指世人万事都以善恶论、都要讲一通道理，都受汉籍思想的影响。这种倾向，不仅是读汉籍的人才有，即便一册汉籍都没有读过的人也同样具有。照理说不读汉籍的人就不该有这样的倾向，但万事都以中国为优，并极力学习之，这一习惯已经持续了千年之久，汉意也自然弥漫于世，深入人心，以致成为一种日常的下意识。即便自以为'我没有汉意'，或者说'这不是汉意，而是当然之理'，实际上也仍然没有摆脱汉意。"他举例说，在中国，无论是人生的祸福，还是时运的兴衰，世间万事都以所谓的"天道""天命""天理"加以解释，这是因为中国人眼里没有"神"，《古事记》所记载的神创造了天地、国土与万物，神统治着世间的一切，长期以来，在对日本最古老的典籍《古事记》《日本书纪》的研究中，许多日本学者一直拿中国的"太极""无极""阴阳""乾坤""八卦""五行"等一大套烦琐抽象的概念理论加以牵强附会的解释，从而对《古事记》神话的真实性产生了怀疑。在本居宣长看来，对神的作为理解不了，便认为是不合道理，这就是"汉意"在作怪。

正是意识到了"汉意"在日本渗透的严重性与普遍性，

本居宣长便将清除“汉意”作为文学研究与学术著述的基本目的之一。一方面在日中文学的比较中论证“汉意”的种种弊端，另一方面则努力论证以“物哀”为表征的“大和魂”，与作为“大和魂”之归依的日本“古道”的优越。换言之，对本居宣长来说，对“物哀”精神的弘扬是为了清除“汉意”，清除“汉意”是为了凸显“大和魂”，凸显“大和魂”是为了归依“古道”。而学问研究的目的正是为了弘扬“古道”。所谓“古道”，就是“神典”（《古事记》《日本书纪》）所记载的、未受中国文化影响的诸神的世界，也就是与中国“圣人之道”完全不同的“神之道”，亦即神道教的传统。在本居宣长看来，日本不同于中国独特的审美文化与精神世界，是在物语、和歌中所表现出的“物哀”。“物哀”是“大和魂”的文学表征，而“大和魂”的源头与依托则是所谓“古道”。因此，本居宣长的“物哀”论又与他的“古道”论密不可分。

在《初山踏》中，本居宣长认为“汉意”遮蔽了日本的古道，因此他强调：“要正确地理解日本之‘道’，首先就需要将汉意彻底加以清除。如果不彻底加以清除，则难以理解‘道’。初学者首先要从心中彻底清除汉意，而牢牢确立大和魂。就如武士奔赴战场前，首先要抖擞精神、全副武装一样。

如果没有确立这样坚定的大和魂，那么读《古事记》《日本书纪》时，就如临阵而不戴盔披甲，仓促应战，必为敌人所伤，必定堕入‘汉意’。”在《玉胜间》第二十三篇中他又说：“做学问，是为了探究我国古来之‘道’，所以首先要从心中去除‘汉意’。倘若不把‘汉意’从心中彻底干净地除去，无论怎样读古书、怎样思考，也难以理解日本古代精神。不理解古代之心，则难以理解古代之‘道’。”不过，本居宣长也意识到，要清除“汉意”，必得了解“汉意”。在本居宣长那里，“汉意”与“大和魂”是一对矛盾范畴，没有“汉意”的比照，也就没有“大和魂”的凸显。所以，本居宣长虽然厌恶“汉意”，但在《初山踏》中也主张做学问的人要阅读汉籍。但他又强调：一些人心中并未牢固确立大和魂，读汉文则会被其文章之美所吸引，从而削弱了大和魂；如果能够确立“大和魂”不动摇，不管读多少汉籍，也不必担心被其迷惑。在《玉胜间》第二十二篇中，本居宣长认为：有闲暇应该读些汉籍，而读汉籍则可以反衬出日本文化的优越，不读汉籍就无从得知“汉意”有多不好，知道“汉意”有多不好，也是坚固“大和魂”的一种途径。

本居宣长一方面反复强调“汉意”对日本广泛深刻的渗

透，这就是承认了“汉意”对日本广泛深刻的影响，但另一方面却又千方百计地否定中国文学对日本文学的影响。

在《石上私淑言》等著作中，本居宣长认为，在日本古老的“神代”，各地文化大致相同，有着自己独特的言语文化，与中国文化判然有别，并未受中国影响。奈良时代后，虽然中国书籍及汉字流传到日本，但文字是为使用的方便而借来的，先有言语（语音），后有文字书写（记号），语音是主，文字是仆，日语独特的语音中包含着“神代”所形成的日本人之“心”。即使后世许多日本人盲目学习中国，但日本与中国的不同之处也很多。在该书第六十八节中，本居宣长强调，和歌作为纯粹日本的诗歌样式是在“神代”自然产生的独特的语言艺术，不夹杂任何外来的东西，一直保持着神代日本人之“心”，保持着神代的“意”与“词”。和歌心地率直，词正语雅，即便夹杂少量汉字汉音，也并不妨碍听觉之美。而模仿唐诗而写诗的日本人同时也作和歌，和歌与汉诗两不相扰，和歌并未受汉诗影响而改变其“心”，也未受世风影响而改变其本。在《紫文要领》中，本居宣长认为：“物语”也是日本文学中一种特殊的文学样式，没有受到中国文化的影响，与来自中国的儒教、佛教之书大异其趣，此前一些学者认为《源氏物语》“学习《春秋》褒贬笔法”，或者说《源氏物语》“总体上是以庄子寓言为本”；有人认为《源氏物语》的文体“仿效《史记》笔法”，甚至有人臆断《源氏物语》“学习司马光的用词，对各种事物的褒贬与《资治通鉴》的文势相同”，等等之类，都是拿中国的书对《源氏物语》加以比附，是张冠李戴、强词夺理的附会之说。诚然，如本居宣长所言，像此前的一些日本学者那样，以中国影响来解释所有的日本文学现象是牵强的、不科学的。然而，本居宣长却矫枉过正，走向了另一个极端，一概否定中国影响。现代的学术研究已经证明，《古事记》及所记载的日本的“神代”文化本身，就不纯粹是日本固有的东西，而是有着大量的大陆文化影响印记，而和歌、物语等日本文学的独特样式中，也包含了大量中国文学的因子。抱着这种与中国断然切割的态度，本居宣长不仅否定日本古代文学所受中国影响，而且对自己学术所受中国影响也矢口否认。例如，当时一些评论者就指出，本居宣长的“古道”论依据的是老子的学说，但本居宣长却在《玉胜间》第四一〇篇中辩解说：“自己的‘道’与老子没有关系，两者仅仅是看上去‘不谋而合’罢了。”平心而论，日本古代语言中原本就没有“道”（どう）字，连“道”字这个概念都来自中国，怎能说对日本之“道”没有影响？本居宣长与老子相隔数千年，如何“不谋而合”呢？

无论如何，中国文学对日本文学，包括物语与和歌广泛而深刻的影响是不可否认的事实。本居宣长对中国影响的否定，不是科学的学术判断，而是出于自己的民族主义、复古主义思想主张的需要。正因如此，“物哀论”的确立，对本居宣长而言不仅解决了《源氏物语》乃至日本古典文学研究诠释中的自主性问题，更反映了本居宣长及18世纪的日本学者力图摆脱“汉意”即中国影响，从而确立日本民族独立自主意识的明确意图。“物哀论”的确立就是日本文学独立性、独特性的确立，也是日本文化独立性、独特性确立的重要步骤，它为日本文学摆脱汉文学的价值体系与审美观念，准备了逻辑的和美学的前提。

从世界文学史、文学理论史上看，“物哀论”既是日本文学特色论，也具有普遍的理论价值。从理论特色上看，民族从世界各国古典文论及其相关概念范畴中，论述文学与人的感情的理论与概念不知凡几，但与“物哀”在意义上大体一致的概念范畴似乎没有。

例如，古希腊柏拉图的“灵感说”和“迷狂说”与“物哀论”一样，讲的都是作家创作的驱动力与感情状态，但“灵感说”和“迷狂说”解释的是诗人创作的奥秘，而“物哀”强调的则是对外物的感情与感受。“物哀”源自个人的内心，“灵感说”与“迷狂说”来自神灵的附体；“灵感说”是神秘主义的，“物哀论”是情感至上主义的。古希腊亚里士多德的“卡塔西斯”讲的是戏剧文学对人的感情的净化与陶冶，“卡塔西斯”追求的结果是使人获得道德上的陶冶和感情上的平衡与适度，而“物哀”强调的则是不受道德束缚的自然感情，绝不要求情感上的适度中庸，而且理解并且容许、容忍情感情欲上的自然失控，如果这样的情感能够引起“物哀”并使读者“知物哀”的话。

印度古代文学中的“情味”的概念，也把传达并激发人的各种感情作为文学创作的宗旨，但“情味”要求文学特别是戏剧文学将观众或读者的艳情、悲悯、恐惧等人的各种感情，通过文学形象塑造的手段激发出来，从而获得满足与美感。这与日本的“物哀论”使人感物兴叹、触物生情从而获得满足与美感，讲的都是作品与接受者的审美关系，在功能上是大体一致的。然而印度的“情味”论带有强烈的婆罗门教的宗教性质，人的“情味”是受神所支配的，文学作品中男女人物的关系及其感情与情欲，往往也不是常人的感情与情欲，而是“神人交合”“神人合一”的象征与隐喻。而日本的“物哀论”虽然与日本古道、神道教有关，但“物哀论”本身却不是宗教性的。本居宣长推崇的“神代”的男女关系，是不受后世伦理道德束缚的自然的男女关系与人伦情感，“物哀论”不是“神人合一”而是“物我合一”。另外，印度的“情味”论强调文学作品的程式化与模式化特征，将“情”与“味”做了种类上的烦琐而又僵硬的划分，这与强调个人化的、情感与感受之灵动性的“物哀”论，也颇有差异。

中国古代文论中的“物感”“感物”“感兴”等，与本居宣长的“物哀论”在表述上有更多的相通之处，指的都是诗人作家对外物的感受与感动。“感物”说起于秦汉，贯穿整个中国古代文论史，在理论上相当系统和成熟，而日本的“物哀论”作为一种理论范畴的提出则晚在18世纪。虽然本居宣长一再强调“物哀”的独特性，但也很难说没有受到中国文论的影响。“物哀论”与刘勰的《文心雕龙》中的“人禀七情，应物斯感，感物咏志，莫非自然”，与钟嵘的《诗品序》中的“气之动物、物之感人，故摇荡性情，形诸歌咏”，尤其是与陆机的《赠弟士龙诗序》中所说的“感物兴哀”，在含义和表述上都非常接近。但日本“物哀”中的“物”与中国文论中的“感物”论中的“物”的内涵外延都有所不同。中国的“物”除自然景物外，也像日本的“物哀”之“物”一样包含着“事”，所谓“感于哀乐、缘事而发”（《汉书·艺文志》），但日本“物哀”中的“物”与“事”，指的完全是与个人情感有关的事物，而中国的“感物”之“物”（或“事”）更多侧重社会与伦理的内容。中国的“感物”论强调感物而生“情”，这种“情”是基于社会理性化的“志”基础上的“情”，与社会化、伦理化的情志合一、情理合一；但日本“物哀论”中的“情”及“人情”则主要是指人与理性、道德观念相对立的自然感情即私情。中国“感物”的情感表现是“发乎情，止乎礼”“乐而不淫，哀而不伤”；而日本“物哀”的情感表现则是发乎情、止乎情，乐而淫、哀而伤。此外，日本“物哀论”与中国明清诗论中的“情景交融”论或“情景混融”论也有相通之处，但“情景交融”论属于中国独特“意境”论的范畴，讲的是审美主体与审美客体的关系，主体使客体诗意化、审美化，从而实现主客体的契合与统一，达成中和之美。“物哀论”的重点则不在主体与客体、“情”与“境”的关系，而是侧重于作家作品对人性与人情的深度理解与表达，并且特别注重读者的接受效果，也就是让读者“知物哀”，在人所难免的行为失控、情感失衡的体验中，加深对真实的人性与人情的理解，实现作家作品与读者之间的心灵共感。

中国明代异端思想家李贽的“童心说”，在许多方面与本居宣长的“物哀论”相同。“童心说”反对儒学特别是程朱理学，这与本居宣长“物哀论”反对儒学及朱子学是完全一致的。“童心说”的“童心”又称“真心”，与本居宣长“物哀论”所说的“心”及“诚之心”意思相同，都是指未受伦理教条污染的本色的人性与人情。“童心说”认为“童心”的丧失是由于“道理闻见”，是“读书识义理”的结果，读了儒家之书，丧失了童心，人就成了“假人”，言就成了“假言”，事就成了“假事”，文就成了“假文”，而本居宣长的“物哀论”也认为读儒佛之书会丧失“诚之心”。李贽先于本居宣长约一百年，明代学术文化对江户时代的日本有较大影响，在反正统儒学的问题上，本居宣长的“物哀论”与李贽的“童心说”是不约而同的，抑或是前者受到后者的影响？尚值得探讨与研究。

本居宣长的“物哀论”与几乎同时期以卢梭为代表的“自然人性论”“返回自然论”等，作为一种生存哲学与人生价值论也有一定的共通之处，反映了17—18世纪东西方市民阶级形成后，某些不约而同地冲破既成道德伦理的禁锢、解放情感、解放思想、返璞归真的要求。但卢梭的“自然人性论”“返回自然论”是一种“反文学”的理论，因为他认为现代文明特别是科学及文学艺术败坏了自然人性，这与“物哀论”肯定文学对人性与人情的滋润与涵养作用是完全不同的。

总之，“物哀论”既是独特的日本文学论，也与同时期世界其他国家的文论具有一定的共通性，它涉及文学价值论、审美判断论、创作心理与接受心理论、中日文学与文化比较论等，从世界文论史上和比较文学史上看，也具有普遍的理论价值。但长期以来，由于“西方中心主义”及“中西中心主义”的强势氛围，东方比较文论与比较诗学未能深入展开，日本的“物哀论”也没有纳入比较诗学与文学理论的研究视野。这与本居宣长作品的汉译一直缺位也有一定关系。笔者翻译此书，不仅想为中国读者了解日本文学，特别是和歌与物语提供必读文献，也为日本文论、比较诗学与比较文论的研究提供一份重要的文本资料。

第一章

欲知『物之哀』，须懂『物之心』

一切善恶都是相对的，由于时间和场所的不同而有所不同。佛教中认定的善，儒家则视为恶，而儒家认为的善，佛家则认为是恶，可见善恶是变化的。和歌与物语不像儒佛之道，它不是令人解惑得悟之道，也不是修身治国平天下之道。和歌与物语有着自己独特的善恶观。

那么，和歌与物语中所谓的善恶究竟是什么呢？虽然它与儒佛之道的善恶标准没有截然不同，但也有自己的理解。首先，儒佛之道是解惑觉悟之道，其中不免要对人情加以严厉抑制，于是就将按人情恣意妄为者视为“恶”；而对人情加以控制约束者，则视为“善”。物语不属于这样的教诫之书，与儒佛之道中的善恶观也无甚关联，而在善恶的问题上，有“通人情”与“不通人情”之分。而在这人情中，就有不符合儒佛之道者，与儒佛之道中对“恶”的看法也不尽相同。不受善恶观念的束缚，只以通人情者为善，但又不是教读者为人情而作恶。如上所说，物语不是教诫之书，也不指导读者应该如何去做。对此，要远离教诫之心，才能加以理解。

物语中的所谓“通人情”，并不是叫人按自己的想法恣意妄为，而是将人情如实地描写出来，让读者更深刻地认识和理解人情，这就是让读者“知物哀”。像这样呈现人情、理解人情，就是“善”，也就是“知物哀”。看到他人哀愁而哀愁，听到别人高兴而高兴，这就是通人情，就是“知物哀”。不通人情，不知“物哀”者，看见他人悲伤而无动于衷，看到他人忧愁而麻木不仁，物语将这样的人视为“恶”，而把“知物哀”者视为“善”。例如，在一部物语中，有一个极其动人的故事，登场人物中有人感而叹之，有人则无动于衷。这个感而叹之的人，就是通人情而知物哀的人，这人就是“善”；而无动于衷者，则不通人情，应视其为“恶”。

今天的物语读者，如能看到物语中的悲哀之处而悲哀，就是通人情的人；麻木不仁者，就是不通人情的人。在阅读物语的过程中，看出物语中的某个人物是“知物哀”的人，而以他为“善”；把不知“物哀”的人视为“恶”。如读者自己觉察到自己对“物哀”有所不知之处，也会自觉到自己的不近人情，从而努力去感知“物哀”。物语描写“物哀”，让读者感知“物哀”的缘由，正在于此。因此说，物语不是教诫之书，即使说它是教诫之书，也不是儒佛之书那样的教诫之书，而是教人感知“物哀”的教诫之书。

或问[①]：如果说物语只是记述描写“物哀”之事，此外别无他用，那么物语中对四季风景的描写，或者对人物的容貌、衣裳的描写都很用心很细致，还写了一些滑稽可笑的事情，这是为什么?

答曰：四季推移与风景描写，都是为了让人“知物哀”，这无须多言。关于人物的容貌、衣裳的描写，也是为了让人知物哀。例如，在《帚木》卷中有“连鬼神见了都不忍伤害的漂亮容颜”，《浮舟》卷中有“即便有将仇人变作恶鬼的狠毒之心，也不忍抛弃这样的美人”，如此之类的描写，无疑都是为了让读者感知人物的容貌之姣好、衣裳之美丽。而末摘花[②]

---

① 本居宣长在许多著作中使用“或问……答曰……”这样的问答体。《紫文要领》是篇初稿，在叙述体中也夹问答体，文体上不够统一。

② 末摘花：《源氏物语》中源氏的情人之一，因貌丑而遭人嘲笑。

的服饰则让人感觉不佳。可见，善恶好坏在人的容貌、姿态、衣服、器物、居所等一切事物中都存在着。即便是脆弱的器物，制作精美者也让人观之而喜，这就是感知“物之心”，也是“知物哀”的一个方面，万事无不如此。而描写滑稽可笑的事、恶事，就是见恶事而知其恶，这也是感知“物之心”、感知“物之哀”。物语就是将世上所有事物都记述下来，使读者在阅读中自然而然辨善恶、知物哀。知“物之心”者，就是知“物之哀”，这与日常生活中那些深谙世事、体验丰富的人，也都有很好的心理修炼，是同样的道理。

或问：如上所说，物语中的善恶观念与其他书籍中的善恶观念有所不同，那么为什么会有这种不同呢?

答曰：儒佛之教本来是顺应人情而设定的，在道理上讲它们在任何方面都不会违背人情。可是人情当中有善恶，于是就有了弃恶扬善的教诫。对恶严加惩戒，就难免违拗人情。而物语不是劝善惩恶的书，所以在使人“知物哀”的过程中，也有许多描写是儒佛之教所严厉惩戒的。

譬如，一个男子对人家的女子想入非非，这个男子思恋难耐，命悬一线，而那女子得知此情，也体会到那男子的深情，于是瞒着父母与他幽会。说起来，爱恋彼此的容貌，男欢女爱，就是感知“物之心”“物之哀”。为什么呢？看到对方的美丽而动心，就是感知“物之心”，而女方能够体会男方的心情，就是感知“物之哀”。

物语中这样的情节很多，而愿意为了爱情献出生命亦在所不惜者，是“物哀”中最为刻骨铭心的。把这些描写出来，并非是以此为善，教人效法，或者以此为恶，教人警诫。物语与这样的善恶观念毫无关联，它所关心的只有“物哀”。而在儒佛之道中，又怎样看待这样的行为呢？与人家的女儿偷情，或背着父母与男人幽会，都是违背儒佛之教的，属于恶行败德。而物语对此恶行则不瞒不避，只以使人“知物哀”为目的。在对待善恶的态度上，这就与儒佛之教形成了差异。物语放弃善恶的判断，只追求“物哀”，对此须好好理解。

即使这么说，或许有人还有疑问，故而还需要从《源氏物语》中加以引证和说明。

在这部物语作品中，作为“好人”来描写的第一人就是源氏。所谓“对于好人，就专写他的好事”，这在源氏的描写中有着最集中的体现。看看源氏一生的所作所为，其淫乱行径不可胜数。他与空蝉、胧月夜、薄云女院[①]等女子之间的事情，真让人摇头叹息。特别是与他的继母薄云女院之间的事情，从儒佛之教的立场来看，那不是寻常的错误，而是大逆不道、罪大恶极，这是不言而喻的。然而作者却把这样一个人作为“好人”的典型来写，这是什么缘故呢？就是因为物语的善恶与儒佛之教的善恶，所指完全不同。

虽说如此，《源氏物语》并非将淫乱本身作为好事，而是以“知物哀”为善，为此无论是对淫乱还是其他恶行都不回避。要强化“物哀”，势必要夹杂对淫乱之事的描写，因为色欲与人的感情关涉最深（对此问题的论述后详）。不描写好色之事就不能表现出深深的“物哀”，所以好色之事就写得很多。作者说过“对于好人，就专写他的好事”，而源氏又有那么多的好色之事，对于物语而言就成为描写的好素材，于是《源氏物语》的善恶就与寻常所说的善恶很不一样了，这一点是很明确的。

至于《源氏物语》中将源氏作为“好人”的典型来写，这

① 薄云女院：藤壶，源氏的继母，桐壶天皇的皇后，后与源氏私通，并生下一子，即此后的冷泉天皇。

一点是显而易见的。翻开这部书，就可以看见许多相关描写。例如，在《须磨》卷中，对源氏遭贬谪，作者写道："世人骚然，一片叹息，人们对朝廷的这一做法多有不满。"在《蓬生》卷中，写源氏时来运转，"听说源氏回到了宫中，天下人无不为之高兴，争相传贺"。可见"天下人"是如何爱戴源氏的。当然，世人是不知道他与薄云女院之间乱伦之事的。《明石》卷又写道："从去年起皇后[①]被妖怪缠身而罹患病灾，经多方求神拜佛，病情仍然不稳。"可见"天"也是偏爱源氏，神佛也是庇护源氏的。像这样的描写在作品中从头到尾随处可见，这岂不是证明作者是将源氏作为"好人"来写的吗？

或问：《源氏物语》是虚构作品，写源氏受上天与神佛庇护，能作为他是好人的证据吗？

答曰：即便是虚构性的作品，无论如何也可以看出紫式部在内心里是把源氏作为好人来写的。不把他的悖德淫乱作为评价标准，仍然把源氏写成好人，是为了表现人情，让人"知物

① 皇后：指弘徽殿，源氏在宫中敌对势力的中心人物。

哀”。不仅是源氏，这部物语中全部的“好人”“好事”，都是从这一宗旨出发加以描写的。

那位因与女三宫[1]有染忧病而死的卫门督柏木的故事，在《源氏物语》中是很令人感动的故事之一。对此，作者在《柏木》卷最后一段写道：

> 无论身份高低，无人不对柏木之死扼腕叹息，只因他不但学识渊博，而且又极重情义，所以连平素不甚亲近的用人及老年侍女等，也都悲伤并追怀之。天皇也非常惋惜，每逢举行管弦游乐，总是首先想起柏木，叹息曰：“可惜啊，卫门督！”这句话竟成为当时的一句流行话，无人不说。

可见紫式部是把柏木看作好人的。但也可以说，是因世人对柏木的不义之行一无所知，才如此赞美的。不过夕雾大将[2]对

① 女三宫：源氏后来续娶的正妻，柏木（内大臣之子）与之私通并生出一个儿子薰，此事只有源氏本人知情，柏木终因忧病而死，女三宫也出家为尼。

② 夕雾大将：源氏与葵上之子。

柏木的不义行为是有所知晓的，可他也同样痛悼柏木。源氏对柏木之死的悲伤，又见于《若菜》卷下卷、《柏木》《横笛》《铃虫》等各卷。

那位卫门督柏木，按通常的看法而言，奸淫他人之妻并生下一子，可谓作奸犯科的恶行，无论此外他有什么功德，都不足称道。而柏木为了自己的恶行忧伤而死，世人却对他痛而惜之，连源氏君也对他追思哀悼。作者的这种描写非同寻常，表明作者凡事都是以"物哀"为先，恶行可以弃而不论。源氏在柏木死后的表现，按通常的观点看实属愚蠢，但他却能按下自己的恩怨，以"物哀"为先。在这里，无论源氏还是柏木，都是作者笔下的好人，但这种"好人"却与通常所说的好人有所不同。

在《源氏物语》中，女性中好人的例子，可以举出薄云女院（藤壶）和紫上两人。薄云女院的行为固然是不道德的，但作者并没有因此而贬低她，《薄云》卷写道：

藤壶母后在身份高贵的人中，心地善良，为人处世公平合理、富有爱心。有的人仗势欺人，但她从来都不做那种事。对家臣颐指气使、劳民伤财的事，她也从来不干……连那些无知无识的山僧，对她的去世也都深感痛惜。她的葬礼轰动一时，闻者无不悲哀。[①]

其中，“轰动一时，闻者无不悲哀”的“哀”字值得注意，作品中各种故事讲的都是“哀”。藤壶与源氏私通也有“物哀”之心，归根到底就是“哀深情长”。作者将薄云女院描写为好人，用意正在于此。

关于紫上，各卷都有对她的赞美，毋庸赘言。关于紫上的心理，《萤》卷在写她对插图物语的评论时，有这样一句话：

上说道：“摹写那些心地浅薄之辈的故事，一看就觉得无聊可笑。”

此处的“上”指的是紫上，这是紫上说的一句话。所谓“摹写”，是对物语中的人物情节而言，模仿他人的生活遭遇而写的物语故事，就是“摹写”。“心地浅薄”指的是故事中

---

① 此段采用丰子恺译文，见人民文学出版社《源氏物语》上册，第406页。

的轻浮女人，这种女人一看就让她觉得无聊可笑。所谓“无聊可笑”，俗话说就是“看着都让人嗤笑”。看物语故事中的轻浮女人都有这种“无聊可笑”的感觉，那么紫上的人品，就可见一斑了。

紫上又说：

> 《宇津保物语》中的那位藤原君，是一个十分成熟稳重的女人，做事绝不犯错，但是……

紫上所说的藤原君，是《宇津保物语》中的女主人公，《花鸟余情》中对其事迹做了概括，详细的故事情节读原作可知。那位藤原君与那些“心地浅薄”之辈正相反，对很多男人的爱慕追求不屑一顾，冷漠无情，招致很多人怨恨，即使她死了，也不会有人感到悲哀。像这样的女人，用一般的观点看来，属于贞洁烈女无疑，所以“做事绝不犯错”，通俗地说，那样的人不会出事。

紫上接着说：

> 在返答和歌时，她古板得似乎也不像个女人，有点冥

顽不灵的样子。

所谓“古板”，就是像一根木头那样呆板耿直，没有可观之处，没有灵动委婉、风流温润的趣味。所谓“像个女人”，就是要有女人味，就是说女人如果不像女人就不好了。所谓“冥顽不灵”，就是顽固而不知变通。由这一段话可以窥知紫上的内心，在她看来，心地浅薄而轻浮的女人令人不屑，但反过来说，像藤原君那样的女人，过分呆板自傲，拒人于千里之外，则与女人的本性不符。可见，在紫上的心里，“好色”中也是有着“物哀”之情趣的。换言之，全书最理想的女主人公，在这个问题上的看法也与儒佛之类的书大有不同，因为她认为贞烈的女子是“冥顽不灵”的。

或问：为什么紫上本人没有风流韵事呢？《源氏物语》中的女子大多是有淫事的，唯有紫上是个例外，是何缘由？

我的回答是：有无淫事无关紧要。在《源氏物语》中，没有淫事的也许是坏人，有淫事的也有好人，所以淫事的有无并不决定人的好坏。

在以上所引用的那一段文字之后，源氏紧接着紫上的话说道：

现实当中，那样的人也不乏其例啊！

紫上所议论的，本来是《宇津保物语》中的人物，源氏却将这个话题从物语作品中转移到现实生活——

做事与众人不同，但也要有个限度啊！

所谓“做事与众人不同”，指的是藤原君一味坚守贞烈之道，与世间一般女子不同。“众人”都认为女人要有贞洁之心，并且要守护之，“但也要有个限度”。源氏的这种说法，与紫上对藤原君“有点冥顽不灵”的评价是一致的，就是说不管怎样贞烈，过了分也不好，应该适度。句末的“啊”字，与紫上的“有点冥顽不灵的样子”的语气上相呼应，意思是说：“如果做得过分了，就显得有点冥顽不灵啦”的意思。可见，源氏与紫上在这个问题上的看法是相同的，他们都认为女人要像女人，就要“知物哀”。

源氏接着说：

> 人品很好的父母，对女人细心养育，只养成了一个天真烂漫的性情，此外不如人处甚多。而旁人甚至就会说：怎么会把孩子教育成这样？而怀疑其父母的教育，这是令人很遗憾的事情。

优秀的父母细心培养女儿，只是养成了一个天真烂漫的性格而已，此外一无所长。父母的教育方法竟令外人怀疑，并由此受到轻蔑。所谓“不如人处甚多”，是指各种技艺的修养而言，但联系上文的关于女子“知物哀”的话题，则可见主要还是指女人在“知物哀”方面有所欠缺。关于这一点，也可以从下面引述的《夕雾》卷中的一段话看出：

> 确实，说起来这事只有她才能做啊！这里也有父母教育的功劳，父母也有体面啊！

这意思是说：因为那是一个教养很好的女子，只有她的父母才能培养出这样好的女儿，都是父母细心养育的结果，她也给父母争了光。这里要表达的，就是不知物哀的人连其父母都被人看不起，而“知物哀”者，无论所言所行，都高雅有趣，连其父母也被人高看。

又，在《夕雾》卷，写源氏得知夕大将与女二宫之间的情事[①]，自然想到自己死后，紫上会对谁移情别恋呢？想起紫上，源氏感慨道：

> 没有像女人这样处事左右为难、令人哀怜的了。

这句话是说，女人活得很难，若随心所欲，就会招来很多非难，只好将所思所想藏在胸中，于是就“令人哀怜”（哀はれなるべき）。这句话很值得注意。源氏想到了自己的将来，陷于沉思中——

> 他暗想，那些人做出不知物哀、不懂情趣的样子，在这个荣枯交替、变幻无常的世界上，如何得到慰藉呢？

① 夕雾是源氏的儿子，女二宫是柏木的遗孀，又称落叶宫。夕雾曾受柏木死前嘱托，去慰问和照顾落叶宫，但其间却与落叶宫相恋。

所谓“暗想”“那些人做出不知物哀、不懂情趣的样子”，是说女人即便“知物哀”，但显示于外则容易招致责难，于是就只好佯装木然无知，不能自由自在，于是令人哀怜。无论是知“物哀”，还是不知“物哀”，在这个荣枯交替、变幻无常的人世，如果把这些都藏在自己心里，那将如何在这无常的世间得以慰藉呢？此前我曾一再反复强调“物哀”，或许有人觉得偏颇和牵强，现在看看源氏这段话，就可知我所说的绝不牵强。

源氏所说的知“物哀”（物の哀れ）、懂“情趣”（をかしき），这两点可谓人情之枢纽。两者合起来说就是“物哀”，“懂情趣”也属于“知物哀”。分而言之，“物哀”主要指忧郁哀怨的一面，“情趣”主要是指有趣而喜悦的一面。《源氏物语》有时将两者分开说，但大多合为一谈。合为一谈的时候，有趣的事、高兴的事，都称作“哀”（あはれ）。在人情中，有趣之事、喜悦之事较轻、较浅，而忧伤和悲哀之事则较重、较深。在上文引述的《萤》之卷的那段文字中，有“显出物哀”和“有趣之处”两个词组，这里再接着引用一段话，以便相互参照：

> 但凡不知物之心者，都是没有情趣的女人，连生养她的父母，也会感到无可奈何吧。

所谓“不知物之心”（物の心を知らず），就是“不知物之哀”（物の哀れを知らず）。倘若“不知物之心”，那就可以说“没有情趣”。上文所引用的“不如人处甚多”一句，可以解释为“不知物哀之处甚多”。

现在我们再引述紫上的一段话，以便参照：

> 若只藏在心中，就像那位“无言太子”一样，或者像佛教和尚所修的“无言行”那样，好事坏事虽然都知道，但却藏在心中不说，此亦不足为训。

关于“无言太子”的故事，《河海抄》中有解释。[①]所谓

---

① “无言太子”的故事：《河海抄》所引《太子休魄经》中的一个故事。无言太子是波罗奈王的太子休魄，出生十三年没有开口说话，因此而要被活埋，活埋前终于张口说：自己前生是国王，因为有罪过而被打进地狱六万余年，因在地狱中过于恐惧，不能张口说话。佛教中的修行之一“无言行”，就来自这个故事。

“好事坏事”，简单地说就是“知物哀”或“不知物哀”。能够对世间善恶好坏加以分辨，就是“知物哀”；不能分辨，就是不知物哀。以恋情而言，对知物哀者，爱之；对不知物哀者，远之，这就是“知物哀”。然而，往往只能对自以为知心的人才能诉说，所以常常是秘而不宣。说女人处事之难，原因就在于此。

> 要想知道我是如何将自心保持一种恰如其分的状态？只要看看女一宫[①]就会知道。

紫上所谓“要想知道我是如何将自心保持一种恰如其分的状态”一句话，当中也隐含着紫式部创作《源氏物语》的动机。可以将这段话与《萤》之卷的相关段落联系起来加以考察。所谓“虽然都知道，但却藏在心中不说，此亦不足为训”，也就指出了吟咏和歌之必要，是说女人处事不易，虽然“知物哀”，但却有所忌惮，往往藏于心中，默默不言。在紫

---

① 女一宫：今上天皇的长公主，为明石女御（源氏与明石上所生的女儿）之女，由义母紫上亲手抚育成人。

上看来，这是不合人情的，所以她才说“此亦不足为训”。由这段话，我们可以窥见紫上的心，也可以知道作者紫式部为什么将她描写为“好人”的典范。所谓“只要看看女一宫就会知道”，是说在紫上看来，自己的花样年华已经过去，但身心还算愉快，如今最重要的就是尽心抚育女一宫。

第二章

在万事万物中皆可感知物哀

《源氏物语》五十四卷的宗旨，一言以概之，就是“知物哀”。关于“物哀”的意味，以上各段已做出了分析说明。不妨再强调一遍：世上万事万物，形形色色，不论是目之所及，抑或耳之所闻，抑或身之所触，都收纳于心，加以体会，加以理解，这就是感知“事之心”、感知“物之心”，也就是“知物哀”。

如果再进一步加以细分，所要感知的有“物之心”和“事之心”。对于不同类型的“物”与“事”的感知，就是“物哀”。例如，看见异常美丽的樱花开放，觉得美丽，这就是知物之心。知道樱花之美，从而心生感动，心花怒放，这就是“物哀”。反过来说，无论看到多么美丽的樱花开放都不觉得其美，就是不知“物之心”，那样的人也不会面对美丽的樱花而感动，那就是不知“物哀”。

再如，看到或听到别人因亲人的不幸而悲伤，能够体会到他人的悲伤，是因为知道其悲伤所在，就是能够察知“事之心”。而体会别人的悲伤心情，自己心中也不由得有悲伤之感，就是“物哀”。当明白他人为何悲伤，而忍不住产生悲伤的感受，自然而然感而叹之，这就是人情。而不知物哀者，则对这一切都无动于衷，看到他人如何痛不欲生都毫不动情，就是没有感情之人。

这里只是举出一两个例子而已，由此可知，在万事万物中都可以感知物哀。尽管其中有感受的深浅强弱之别，但世上一切事物中，都有“物哀”在；尽管所感动的事物中，有善恶正邪之别，但心灵对一切事物都会自然地生出感动。有时候对自己的心灵感受都无法加以控制，对道德上认定的恶事也会有所感动。儒佛之道则对感触恶事严加警诫，教导人们远离恶事。物语则对一切事物都主张知其物之心、事之心，并以此为善，而不管道德上的善恶评价，在这种感动中，就有了“物哀”，并以此为根本宗旨。

关于“知物哀”的意味，上文已有论述。然而，上文的论述只是粗陈大概，实际上，“知物哀”中也有种种不同的情形。世间一切事情，都有其“物哀”，所以《帚木》卷有云：

“在家务方面，颇知物哀。”说的是在持家过日子当中，也有“物哀”存在。具体说来，持家度日有时会出现一些不必要的浪费，倘若知道这是不必要的浪费，那就是知“事之心”。对于这种浪费，心里意识到“啊！这是浪费啊！”的时候，这就是在家事方面知“事之心”“知物哀”。相反，想不到这是无意的浪费，而随意花钱散财，心里却浑然无感，这就是在家事方面不知“物哀”，所谓“知物哀”可以此类推之。

家务方面的“物哀”也有种种不同，但家务方面的“物哀”也属于“物哀”的一种，其道理与一般的“知物哀”相同，但作为《源氏物语》之宗旨的“物哀”却不在于持家度日方面。虽然同是“物哀”，也因“事”与“物”的不同而趣味有所不同。所以，上文所提到的那个只在家务方面“知物哀”的女人并不能说是“知物哀”的人。两者即使道理相同，但因事情不同，而有表里之别。可以拿“火”的用处为例来说明此问题，所有的“火”本质相同，当烧柴生火，防寒煮食的时候，火是有益的；但放火烧屋，则会酿成灾祸。

人可以在一年四季中的风景、脆弱无依的草木鸟兽中“知物哀”，对此，《桐壶》卷有云：“虫声唧唧，催人下泪”；“听着风声、虫声，更令人愁肠百转”。《柏木》卷有云：

“看到你，像庭院中的小树那样一无所知的样子，我更加哀伤。”这些都是面对不同时节的景物而引起的物哀，而随着当时人心情的不同，对同一种景物的感受也有所不同，悲伤的时候所见事物是悲伤的，开心的时候所见事物是开心的。

人如果无“心”，对于所见所闻之物则既无悲伤，也无开心。而外在事物并不因人而有所变化，只是人心不同而已。因而，《帚木》卷有云：“连那澄明的空中景色，也因看的人不同，或美艳，或寂寥。”不知“物哀”者，看见空中景色，枉然无感觉；“知物哀”的人则悲时见悲，艳时见艳。当人忧伤苦闷时，天空的景色也仿佛抹上了一丝愁云，这就是人的一种感觉。

《松风》卷有云：“秋风渐浓，更令人不胜悲哀，这就是对秋季的感受。”《须磨》卷中写道：“琴声随着风声传来，此时此景，人们听着音乐，想起源氏，解情趣者，无不哭泣落泪。”[①]这就是有感于场所，有感于人，有感于“物之音”，一句话，因有感于此情此景中的各种事物，所以哭泣落泪，可见

① 这是《须磨》卷中写源氏被流放到须磨，太宰大二的船即将离开回京，船上的人想起源氏的遭遇而悲伤的情景。

所谓“解情趣”最为重要。像这样令人感动的场面，不知“物哀”的人，也将无动于衷；而解情趣者，则不由得悲戚落泪。所以“知物哀”者就是“解情趣者”，不知“物哀”者就是“不解情趣者”。《蓬生》卷有云：

> 虽不是非为不可，但有时在寂寞无聊的时候也会给亲朋好友写信倾诉衷肠。年轻人就是在四季草木花卉中寻找心灵的慰藉。①

这就是一个年轻女子在无依无靠寂寞度日中，心理状态自然而然的表达。在这种时候，知物哀者所见所闻，无论是草木虫鱼都会触动心扉。假如将这种感悟之心加以压抑，那么人心将逐渐枯萎迟钝。而将自己的内心所感付诸尺牍，向亲朋好友诉说，那么郁结之情也会得以释怀，并得到些许的安慰。如朋友予以回信，则心中更为释然。“知物哀”的人就是如此。

---

① 这是描写源氏离开须磨后，末摘花孤寂生活的一节。

《竹河》卷有云：“物哀的时候拿给你看。”[①]该卷写藏人少将倾情于已故须黑大臣的女儿，不断给她写信，但却不得回音。那时女方认为正是“物哀”的时节，故有此言。所谓“物哀的时候”就是心有所感、不胜哀怨的时节，那时节人会对一切事物有更深的感触。这里的“物哀的时候”不是指藏人少将而言，而是说在“物哀之时”她对藏人少将自然有所感怀，故写信表达自己的心迹。

所谓“物哀”的意思，以上已经大体做了分析叙述，现在再来看《源氏物语》，可以有更深的体会。《夕颜》卷有云：“即便是不解情趣的山民，也喜欢在花树荫下小憩吧。”《红叶贺》卷有云：“即使是无知无识的下等人，在山山水水中流连，也会稍解情趣，感动落泪。”花是那样的美丽，即使是不解情趣的山民，也喜欢在花树荫下小憩，这种心情就是“知物哀”。《红叶贺》卷还描写道：源氏跳“青海波舞”[②]时，凡观

---

① 夕雾大将的儿子藏人少将爱上了已故须黑大臣的长女大君，但冷泉院上皇也倾心于大君，须黑大臣的遗孀玉鬘为遂丈夫心愿，希望大君正式入宫，便决定将大君嫁给冷泉院为妃，于是藏人少将的恋情无疾而终。大君在嫁入冷泉院的那天给藏人少将写了一封信，这句引文就是大君信中的一句话。

② 青海波舞：乐舞名，桐壶天皇行幸朱雀院时，源氏曾跳此舞。

看者，无论贵贱，稍解情趣的人，都感动得流了泪，甚至“连天空的颜色也为之一变”。

《帚木》卷有云：“连鬼神都不忍下手。”《须磨》卷有云：“连虎狼都要流泪。”《萤》卷有云：“要写好的方面，就尽量选出好事来写。”是说对好事特别加以突出强调。这是为什么呢？山民及无知无识之人，对非常动人的好事都会心生感动，虎狼等无情的猛兽都会哭泣流泪，何况那些有心之人呢？物语就是让读者明白“知物哀”之理，这里强调的是不知“物哀”是多么令人不堪的事。不知“物哀”，不如虎狼。

《柏木》卷有云：

> 听到源氏说“我还是觉得可哀”，女三宫道：“听说出家人都是不知物哀者，何况是我这样原本就不知物哀的笨人。”

这是女三宫将要出家为尼时与源氏的对话。[①]源氏说道：“你要出家，我还是觉得可哀。”女三宫将源氏的话理解

---

① 源氏的后妻女三宫因与柏木私通并怀孕生子，为赎罪决定出家为尼。

为："由这样的原因而出家的人，是不知物哀。"所以接着说："何况是我这样原本就不知物哀的笨人，不知如何回答才好。"

说出家人不知"物哀"，原因首先是：入道修行的人并不以善感受、"知物哀"为目的，所以是不知"物哀"的人所做的选择。出家人就是要和父母、兄弟、妻子等家人割舍亲情，这是通常的人情所不能忍受的。而只有横下一条心，才能出家入道。那种时候若"知物哀"，便不能出家。要割舍人情、放弃财宝，隐遁山林，不食荤腥，戒绝声色之乐，都是人情之所难。舍弃这一切才能进入佛道，"知物哀"者则不能。

若知现世之"物哀"，则很难劝人进入佛道，脱离生死轮回。若不变成不知"物哀"、心肠铁硬的人，则很难得到救度。所以《椎木》卷有云："阿阇梨的铁石心肠真是可恨啊！"这是八宫死去的时候，他两个女儿所说的话[①]。阿阇梨以佛道之心断绝对尘世的执着，不顾亲子之爱，才做出这种无情的决定，而宇治八宫的女儿因具有"知物哀"之心，便因此

① 阿阇梨：佛教的僧号之一。宇治八宫隐居在阿阇梨的山寺中去世，他的两个女儿希望能够最后看一眼亲人的遗容，但寺中的阿阇梨却以必须断绝亲子之情为由，予以拒绝。

而憎恶、憎恨阿阇梨。这就是为什么说出家人不知“物哀”的理由。

实际上，佛心也是深知“物哀”的，因众生为现世恩爱所累而不能摆脱生死轮回，佛心以为可悲，于是就要人成为不知现世“物哀”的人，实则是出于深知“物哀”之故。儒道的观念也与佛道相同。因此，儒佛两道的“知物哀”，与普通人的理解不可相提并论。儒佛之道让人不知物哀，但毕竟根源于深知“物哀”。

和歌物语不同于道德教训之书，不仅让人知眼前之“物哀”，同时又要知佛教的慈悲、儒教的仁义，两者兼顾不可偏废，于是他们就着意描写“知物哀”之事。在《源氏物语》各卷中表现儒道之处甚多，如夕雾大将学儒道做学问，其他关于儒学的事情也多有描写。同时佛道本是拒绝“物哀”之道，而《源氏物语》中以佛教写“物哀”者却很多，谛观人世无常，亲人逝去，历经生活艰辛，于是舍家弃业出家为僧尼，远遁于山水之间，离群索居，修身养性，等等之类。《源氏物语》中描写出家而深表“物哀”者举不胜举。每卷都写佛道之事，特别是深知“物哀”者，往往最终都厌离人生，出家遁世。这都是出于世事无常，诸事不遂，而不堪其苦的缘故，这就是所谓

“知物哀”。总体而言，佛道比儒道戒律更为严格，它要求舍弃人情，然而佛道却也比儒道更加感动人心，也与“物哀”有更多的关涉，并且多有温馨细腻之处。那些无知无识的山民、女童也往往受其感召，所以物语中对佛道的表现多于儒道。《萤》卷有云：“不孝也是佛道所严加禁止的啊！”[①]本来孝是儒道所大力倡导的，佛道不像儒道那样提倡孝，然而在这里，源氏对养女玉鬘却不提儒道，而提佛道，是因为如果不提深涉人情的佛道，妇女儿童则难以理解。可见，在佛教中也是渗透着人情的。对于这句话当中的“也”（にも）字，有的注释书注为“儒道和佛道也都……”的意思，是对这句话缺乏理解，因而是错误的。如上所说，出家法师就是要克制那些难以克制的人情，而这本身就是“物哀”。

关于“知物哀”的含义，大体如上文所述。此外，还可以举出很多例子，道理均可以以此类推。另外，故意装作“知物哀”的样子并显示于别人，是很可憎的，这不是真正的“知物哀”，而是在别人面前装模作样。《源氏物语》对这种装模作

① 这是源氏对养女玉鬘说的一句话，当时源氏对玉鬘有非分之想，玉鬘不从，于是源氏说了这句话。

样的“物哀”表现了强烈憎恶。例如，《帚木》卷有云：

> 无论男女，那些一知半解的人，或略有所知便装作无所不知，并在人前炫耀的人，都很招人厌烦；无论何事，如果不了解何以必须如此，不明白因时因事而有区别，那就不要装模作样，不懂装懂，倒可平安无事。万事即使心中明白，还是佯作不知者为好，即使想说话，也是十句当中留着一两句不说为好。[①]

又有“只是装潢门面”“装模作样显示于人”等，说的都是同一个意思。像上文所说的木枯女那样轻佻浮薄之人，多属此种类型。“装模作样”“装腔作势”“卖弄风情”等，所说的都不是发自内心的“物哀”之情，都是矫揉造作之举，这就是所谓的“貌似知物哀”[②]者。《源氏物语》各卷都以这种过度“知物哀”为恶，深知“物哀”，并非过度“知物哀”。上文所说的“恰如其分地知物哀”并非是指大略有所知，所谓

---

① 这是《源氏物语·萤之卷》“雨夜品评”中左马头所说的最后一句话。

② 这是《蝴蝶》卷中的一句话。

“过度”，就是对万事万物均做出“知物哀”的样子，卖弄风情、装模作样，则过犹不及。这不是真正的“知物哀”。好多不明“物哀”之真谛者都取这样的态度，所以在“雨夜品评”中都以此为恶，真正“知物哀”者绝不会如此。《薄云》卷有云：“女御[①]以深知‘秋之哀’的样子回答源氏，也有点不知廉耻。”这里指的是《古今和歌集》中早有一首和歌，云：“四季总关情，秋夜最不堪。”真知“物哀”者会以此事为可耻，这种矫揉造作之举与真正的“知物哀”相去甚远。

或有人问：通过以上论述，对于“知物哀”之心已经有所理解。还有，《源氏物语》中有许多色恋之事的描写，是何缘故？

回答请见下一章。

---

① 女御：此指秋好中宫，即冷泉天皇的中宫，亦即源氏的情人六条御息的女儿。

第三章

『知物哀』与恋情紧密相连

如上所述，最能体现人情的，莫过于“好色”[1]。因而“好色”者最感人心，也最知“物哀”。职是之故，从神代直到如今，和歌中恋歌最多，是因恋歌最能表现“物哀”。物语要表现种种“物哀”，并且要使读者由此而知“物哀”，不写“好色”则不能深入人情深微之处，也不能很好地表现出“物哀”之情如何难以抑制，如何主宰人心。因此，物语详细描写恋人的种种心理与种种表现，以便使读者感知“物哀”。《源氏物语》之后，藤原俊成曾写过一首和歌，曰：“恋爱出于心，有心方能知物哀，无爱无物哀。”对这首和歌要好好加以体味，倘若没有恋爱，就不可能对“物哀”的真义有所理解。

① “好色”是日本文学中的一个审美概念，与汉语“好色”一词在道德判断上的贬义颇有不同，而且日语中的“好色”不仅用于男人，也用于女人。在本居宣长的“物哀”论中，“好色”也是“知物哀”的表现。

世人难以抵御“好色”诱惑，对此《源氏物语》各卷随处都有描写，以下不妨略加引述。

首先是《桐壶》卷记述描写天皇的一段话：

> 我自信一向未曾做过招人怨恨之事，只为了这桐壶更衣，招来了众人怨怼。[①]

桐壶天皇“自信一向未曾做过招人怨恨之事”，却为了恋情，招致他人怨恨。说“一向未曾做过招人怨恨之事”，可由如下的话来证明：“翌年春天，该是立太子的时候了，皇上很想立这小皇子为太子，然而这小皇子没有后援，宫廷上下，恐难以赞许。勉强立为太子，或反而有所不利，于是只好放弃这念头。”[②]可见他做事是忌惮世人议论的，这对天子而言并不常见。像如此贤明天子也不免为“好色”之情所累，为更衣而心旌动摇也属常情。可见天皇也难以克制恋情，如此，则“物哀”之情更深。

---

① 桐壶更衣死后，桐壶天皇派命妇前去吊问，这句话是命妇转述天皇的话。

② 此段话见于《桐壶》卷，其中小皇子系指源氏，那时源氏刚过四岁。

《源氏物语》又云：

> 皇上顾不得众口非难，恐怕要成为世人的话柄了。消息传出，朝廷内外皆不以为然，招致议论纷纷。[①]

又写道：

> 皇上顾不上众人的怨怼，只要涉及和这位更衣有关的事，就常常有悖道理。如今，桐壶更衣死了，他对人情世事万念俱灰。[②]

从以上引用的“顾不得众口非难”，再到这段话，表现的都是恋情如何难以压抑与克制。

《葵》卷有云：

> 几年来，他对紫上宠爱有加，但与现在的新婚燕尔相

---

① 这是《桐壶》卷开头部分的一段话，叙述桐壶天皇如何专宠桐壶更衣，并招致他人怨恨。

② 此段文字亦见于《桐壶》卷。

比都微不足道，天天耳鬓厮磨，连在宫廷大殿及上皇御所时，也心不在焉，连他自己也感到不可思议。[①]

这里描写的是源氏与紫上新婚燕尔时的情景，由此可见，恋情之烈非他事堪比，比起同床共枕后的感受，以前的思恋都“微不足道”了。对此，连源氏本人也觉得不可理解。

《薄云》卷有云：

连他自己也知道这是悖德之恋，然而却忍不住跃跃欲试。

这里写的是源氏的心理状态。他与薄云女院私通，并被冷泉天皇得知，心中惊恐不安，但本性难移，却又爱上了冷泉天皇的秋好中宫。

《蝴蝶》卷有云：

恋山压倒孔子。

① 这是《葵》卷中描写源氏与紫上刚成婚时的一段话。

这是一句谚语，是强调没有一个人能摆脱恋情的诱惑，即使是孔子圣人，也会被恋山压倒。《河海抄》所引用的一首和歌也写道：

> 恋情如山道，
> 深邃险要不可绕，
> 进山必迷倒。

《若菜》卷上卷有云：

> 他自知这种事绝不能干，但却不可或止。[①]

这是源氏与胧月夜约会时的心理状态，明知那种事不可为之，却身不由己。

《夕雾》卷有云：

---

① 源氏在异母兄弟朱雀院出家之后，与朱雀院的妃子胧月夜幽会，是为乱伦之举。

> 沉溺于这种悖德的恋情，若是他人所为，则会感到岂有此理，而自己却沉溺其中不可自拔，真是不可思议，令人无可奈何。[①]

若听到别人沉溺于不伦之恋，必定不以为然并加指责，而一旦发生在自己身上，却又难以罢手，这就是夕雾大将的心理。这种矛盾心理见于整部《源氏物语》。

该卷又云：

> 的确，一旦发生这种事情，别人的忠告、自己的自责都无济于事。

这是夕雾大将的一句话，所谓“的确”，是说世间常有的事确实也在自己身上发生了，一旦堕入恋情之道，则别人的劝解、自己的反省都无济于事，世间人情就是如此。夕雾是一个

① 夕雾在柏木死后到柏木的遗孀落叶宫处吊问，却深深地爱上了落叶宫，但落叶宫并未应许。夕雾的妻子云居雁对此强烈妒忌，夕雾却更加倾心于落叶宫，这段话描写的就是夕雾当时的心理。

很认真严肃的人，在恋爱方面也是如此，然而，悖德的恋情对他而言也同样不能避免。

以上各卷的引文中，都有这样的句子："连他自己也感到不可思议""他自知这种事绝不能干，但却不可或止""忍不住跃跃欲试""别人的忠告、自己的自责都无济于事""自己却沉溺其中不可自拔"等，这些都值得好好回味。由这些话可知，好色之情胜于万事万物，最难克制，任何人都难以淡然处之，因而，在"知物哀"方面，没有比恋情更刻骨铭心的了。

在《柏木》卷，卫门督柏木为恋慕女三宫而病倒，终至一命呜呼。死前作歌曰：

死后成灰烟，
灰烟缭绕永不散，
缠绵生死恋。

女三宫答歌曰：

君若变成烟，

我愿成灰长相伴，

两情融无间。

这个故事在《源氏物语》众多的恋爱故事中，最为感人。在柏木临终前的描写中，两人的和歌赠答尤其感人。柏木和女三宫都将“灰烟”作为两人生死之恋的象征，直令读者落泪。

这些“知物哀”的人也是守节操的人，有时也很难克制自己的情欲。《帚木》卷在写到空蝉的心理时，有这样一段话：

即使对他（源氏）的纠缠佯装不理，但一想起源氏君会误以为自己不解风情，心中隐隐作痛，心乱如麻。那就只好做一个不解风情的女子吧。

要守节操就不能“知物哀”，这就是所谓的“不解风情”。《空蝉》卷有一首和歌这样写道：

露珠附蝉羽，

隐于树叶间，

暗自流泪人不知。

空蝉的心情其实一直就是如此。“知物哀”本来就是作者的创作宗旨，薄云女院（藤壶）的情形也是如此，《夕颜》卷有云：

有时看见源氏公子吟歌作诗时风流倜傥的样子，稍有风雅之心的人，又有谁能不喜欢他呢？

“风雅之心”这个词是特别值得注意的。

“风流好色”是任何人都难以免除的，明白了这一点，则好人对恋情之事不加苛责，恶人则常常加以苛责。在《贤木》卷，弘徽殿太后和胧月夜的父亲右大臣对源氏和胧月夜的私通恼羞成怒，严加追究。人们都说今后这位坏脾气的右大臣，脾气会更坏了。对此，作者写道：

自己的女儿和别人私通，被发现后感到羞耻，作为大臣而言是可以理解的。然而这位右大臣，却气急败坏有失优雅风度，这就太过分了。

又写道：

> 右大臣急躁而专横，粗鲁而缺乏涵养，再加上岁数大了之后的那种固执。

作者除了将右大臣写为恶人之外，还把弘徽殿太后写为恶人，这一点在书中多有反映。

而书中的好人，对于男女恋情却不加苛责，这就是“知物哀”。《蝴蝶》卷中这样写道：

> 源氏召来右近，对她说：“对于（给玉鬘）写情书的那些人，应该视对方情况不同而给予恰当的回复。当今风气就是轻佻浮薄，半带游戏，做出一些过分的事情，作为男人，也不是什么罪过。女人如果太不谨慎，任意而为，一味做出知物哀、解情趣的样子，也不会有什么好结果。皇族小姐、大将这样身份的人都不能太随便，但如果过于不知物事，对别人不理不睬，也与自己的身份年龄不相称。皇族小姐对于大将身份以下的男人，要根据其爱意的深浅加以不同对待，不可辜负了对

方的好意。”[①]

《末摘花》卷写道：

> 皇上说你这个人太一本正经，替你担心。[②]

所谓“皇上”就是桐壶天皇，说“太一本正经”，指的是源氏。说孩子太一本正经而让父母为之担心，那是将来的事。兼好法师将缺乏恋爱兴趣的年轻男子，称作“没有底的玉杯”[③]。

《梅枝》卷有云：

> 讲到那种事情，我也是连父皇的教诲都不肯听从，不

---

① 这段话是源氏知道许多男子给玉鬘写情书后，便对玉鬘的侍女（右近）做的叮嘱。

② 本卷写源氏听大辅命妇说起末摘花的事，大感兴趣，热心地向命妇打听末摘花的情况，于是命妇对源氏开玩笑地说了一通话，其中称源氏“太一本正经”，似乎是反话。

③ 吉田兼好（1283—约1359）在其散文集《徒然草》第三段中写道：“万事出色，但不懂风流的男人，无论如何都是一个缺陷，打个比方，就像一个没有底的玉杯一样。”

足效法，所以我对你也不想多说。[①]

这是源氏对其儿子夕雾大将说的一句话。所谓“那种事情”指的是风流好色；“不肯听从”指的是从前父皇对源氏的教训他没有听从。那段对夕雾的训词很长，都是劝他不要太风流好色。父亲教育儿子，是理所当然的。但是他接着又说：“那时我并不是从心里不想听从父皇的话，如今具体说出来有所不便。”这意思是说：年轻时谁都是热衷于恋情之道，因而犯下一些过错。年龄大了以后平心静气地想想，年轻人的轻狂风流也无可厚非。这是“知物哀”之言，表明了源氏对风流艳事的宽容态度。

《薄云》卷有云：

> 这是不伦之恋，是罪孽深重的行为。要说以前的那些不伦行为，都是年轻时缺乏思虑，神佛也会原谅的。

这是源氏的一段心语。“这是不伦之恋”，指的是他对秋

① 这是源氏劝儿子夕雾赶快决定婚娶之事的一段话。

好中宫抱有非分之想。所谓“罪孽深重”，指的是他与继母藤壶私通之事，然而又认为那是年幼无知的过错，所以“神佛也会原谅的”。人到了老年，都对年轻人的好色风流加以告诫，但自己在年轻的时候，也同样不可遏制，而犯下错误。纵然年龄大了，心却没有变化，只是处事有所慎重而已。如今，源氏对秋好中宫想入非非，因感到“不伦”而加以克制，但有时候也按捺不住，而且此后仍与胧月夜私通。他坦言：“我反复下决心：今后决不再做不该做的事情了，然而仍然故态复萌，重蹈覆辙。”“知物哀”者就是这样对情欲不可抑制，而对别人也同样不加苛责。

《夕雾》卷写道：

> 虽然源氏已经知道了儿子的那件事，但源氏想：我何必表示自己已经知道呢？他默默地打量着儿子夕雾，心想：多么大好的年华啊！真是人生中最光辉的时候，干出那种风流好色之事，别人也不该说什么，鬼神也会原谅他。这个年龄风流倜傥，洋溢着青春蓬勃之气，但又脱去了不知好歹的稚气，真是完美无瑕。此时风流好色，也是理所当然。女人怎会不恋慕他呢？揽镜自照，又怎能不感

到自豪呢?

所谓“那件事”，指的是夕雾和落叶宫的事。“默默地打量着”，是写源氏对儿子的欣赏。前一段话在好色方面对儿子加以训诫，但内心里却是这样一番想法，这就是“知物哀”者的想法。

《贤木》卷写道:

> 源氏与内侍君的关系尚未断绝之事，朱雀帝也有所耳闻，并且从胧月夜的举止中可以看得出来。[①]但他又想：这事情若是刚刚发生的，那确实不成体统，但两人很久以前就相好了，既然两人互相交心，也没有不妥之处，因而对源氏并未责备。

所谓“与内侍君的关系”，指的是源氏与内侍君胧月夜的私通。朱雀天皇知道他们的关系没有断绝，并且从他们的行为中也能看得出来，但朱雀天皇还是抱有这样的宽容态度。

---

① 此时胧月夜已成为朱雀帝的内侍（妃子）。

《若菜》卷下卷写道：

> 源氏对柏木的病很是担忧，多次前去探望，并向柏木的父亲表示安抚慰问。[①]

这是源氏对患病的卫门督柏木的真诚态度。

《柏木》卷写道：

> 柏木的父母悲叹不止，只是希望他能留下一个孩子，但却不能承认这个孩子是他柏木自己的。源氏想：柏木本来是一个胸怀大志的出类拔萃的男人，对他的死，我难辞其咎，觉得这实在太可悲了。他不想再责备柏木，又忍不住抽泣起来。

这一段写源氏看到柏木与女三宫生下的男孩薰君，不禁想起了死去的柏木。源氏说："对他的死，我难辞其咎。"如

---

① 柏木与源氏的妻子女三宫私通，被源氏发现后忧惧成疾，但源氏对柏木始终没有追究之意。

源氏不知物哀，绝不会说出这样的话，而只会怨恨柏木。源氏“觉得这实在太可悲了。他不想再责备柏木，又忍不住抽泣起来。”这句话颇值得回味，由此可以知道什么叫作“知物哀”。

该卷又写道：

> 随着日月的推移，源氏更加觉得柏木可悲可哀。

这是源氏在柏木死后的感受。

《横笛》卷写道：

> 柏木大纳言英年早逝，令很多人悲伤痛惜。源氏素来一旦闻人死耗，即便是泛泛之交，也无不悼惜。何况是柏木这样朝夕相处的人，自然比别人更为追怀。有时虽也不免对其行为有所怨恨，但还是哀伤为多，常常想念不已。在柏木周年忌日，源氏特地为柏木诵经拜佛。尤其见到薰君那天真无邪的模样，觉得十分可怜，便心生一念，捐出百两黄金，布施僧道。

从这段描写可知，这就是好人的“知物哀”。为薰君捐出百两黄金布施，令人感动涕下。

《铃虫》卷写道：

> 琴瑟和鸣，悦耳动听，此时源氏说道：“良宵赏月，无论何时，都令人感慨伤怀，今宵月光尤其清新皎洁，不由叫人心往世外，百感交集。权大纳言柏木不幸早逝，此刻更叫人怀念不止。没有了他，无论于公于私，都失去了好多光彩。柏木最解风花雪月之情，我与他最能谈得来，可惜……”说到此，不由在琴声中泪湿双袖。他猜想，帘内的女三宫一定会听到他这番话，她心里一定仍恋着柏木，在这种热闹的时刻一定首先会想到柏木。

由这段话可以看出，好人是“知物哀”者，能够体谅别人的恋情并且不加苛责。特别是朱雀天皇不责怪源氏，源氏不责怪并且怀念柏木。若他们不是深知物哀者，绝不会如此。源氏君是如此的“知物哀”，而后世《源氏物语》的注释者，在注解这些段落的时候，却不视为“物哀”之表现，反而看作是对人的道德警诫。呜呼！不知物哀、不解风情，莫此为甚！须知，这种解释是违背紫式部本意的。紫式部的本意是要表明：风流好色乃人情所不能免，情欲难以压抑，因此，朱雀天皇才不责怪源氏，源氏才对柏木也给予理解同情。

或问：这么说的话，可以认为《源氏物语》是将风流好色作为好事加以欣赏的吗？是把沉迷于恋情而失身看成是好事吗？是将轻佻浮薄的行为视为正确行为吗？

答曰：《源氏物语》并没有将风流好色作为好事加以欣赏，而是将“知物哀”作为好事加以欣赏。比方说，看见有人将污泥浊水蓄积起来，就有人问：“你是要欣赏这些污泥浊水吗？”那个人回答：“我蓄积污泥浊水，是为了栽种莲花，并不是为了欣赏污泥浊水。如要欣赏莲花的美丽纯洁，就不能没有污泥浊水。”道理就是如此。爱“物哀之花”的人，对恋情之水的清洁污浊，并不过于理会。柏木卫门督因好色而死，其行为不值得欣赏，由此而引起的深深的忧惧却要了他的命，这一点却令人感而叹之。而且，《源氏物语》没有将轻薄之事作为好事加以欣赏，这在全书各卷随处可以看出，对此，本书上文已经做了论述。

通常，“知物哀”会被认为是轻浮放浪，这是误解。轻浮放浪者却往往不知“物哀”。正如上文所论析的那样，看上去深知“物哀”，到处拈花惹草，是为轻浮放浪行为，实则不知“物哀”。表面上风流多情，实际上不知“物哀”之真意。相反，有的人并非轻浮放浪，却也深知“物哀”，这也因事因人而异。有的人在此事上“知物哀”，而在彼事上却不知“物哀”。

那位浮舟一时想不开，就想一死了之。[①]她委身于薰君，则不能委身于匂亲王；相反，委身于匂亲王，则不能委身于薰君，由此不胜苦恼。从前那位芦屋的少女[②]，也是因这种苦恼而跳入生田川自尽。这是因为她们不能抛开两个男人中的任何一个，只有自杀才能让他们明白自己的心迹。不能因为浮舟答应了匂亲王的求爱，就说她是轻浮的女人，她是试图以死来兼顾两方的“物哀”。所谓轻浮则是对两方都以轻佻态度对待之，

---

① 浮舟是《源氏物语》最后十卷的女主人公。她先是爱上薰君，后又委身于匂亲王，在两个男人之间无所适从、进退两难，便跳河自杀，被僧人救起后，出家为尼。

② 芦屋的少女：《大和物语》第147段故事中的主人公，又为《万叶集》卷九第1801首歌所吟咏。

逢场作戏。因此，轻浮者实际上并不是真正的“知物哀”。

不过，所谓“知物哀”，并不是指从一而终。在有些时候、有些场合下，各方都难以割舍，无法坚贞不贰。具体情况各有不同，但不能说同时与两人相好就是轻浮。不可一概而论，要做具体分析。薄云女院、空蝉都是有夫之妇，却又与源氏有染，但不能断定她们是水性杨花的女人，而是好人。因为她们难以压抑自己的“物哀”之心，她们是以“物哀”为宗的好人。另一个女人朝颜斋院[①]对源氏始终不从，但也是一个“知物哀”的好人，对此《葵》卷有云：“虽然不从，但对源氏的心情却很能理解体谅。两人互相写信，以诚相待。”而葵上虽则万事都好，但生性古板，在物哀方面有所迟钝，作者对她有所批评。对于紫上，作者认为她是“知物哀”之人，对她没有微词。

无论如何，“知物哀”都是首要的。源氏与很多女人交往，虽不能说事事处处都“知物哀”，但对任何一个女人都是带着同情爱怜之情，因此他不是轻薄的男人。那位末摘花容貌

---

① 朝颜斋院：《源氏物语》的《朝颜》卷的女主人公，源氏的表妹，源氏对她百般纠缠，朝颜不为所动。

不美，心性愚钝，一无可取，但源氏与她有一夜苟合之后，同情她的境遇，悉心照料，一直没有抛弃她。花散里[①]容貌丑陋，但心地善良，源氏也没有抛弃她。这都表明源氏是"知物哀"的好人，而不是轻薄男子。读《源氏物语》对此要注意加以体会。风流好色，也有种种具体情形，不能以偏概全、一概而论。

归根到底，贯穿《源氏物语》全书的根本思想就是"物哀"，舍此无他。读者不应为以前的那些胡言乱语所迷惑，只当以"物哀"眼光看待全书，不可离题。

---

① 花散里：源氏早年的情人之一。

第四章

读《源氏物语》，感知『物哀之心』

要了解歌道[1]的本意，就必须认真阅读并深入理解《源氏物语》；要了解歌道的状况，也应该认真阅读并深入理解《源氏物语》。《源氏物语》之外无歌道，歌道之外更无《源氏物语》。歌道与物语，其本质是完全相通的。因此，上文中关于物语的论述，也就是关于歌道的论述。吟咏和歌的人，与爱读这部物语的人，其心情是完全一致的。故而中古[2]以来，歌人们都对《源氏物语》加以把玩，然而只是从中撷取用词、从中取意，以便构思，或者将《源氏物语》作为作文的范本，而没有人从这部物语中整体上体会歌道的实质。所以读《源氏物语》

① 歌道：和歌之道。

② 中古：原文亦写作“中古”，与古代，即“古へ”（いにしへ）相对而言。本居宣长所谓的“中古”是一个不太确指的时代概念，大体指的是《源氏物语》出现之后，即平安王朝中期至14世纪末期的南北朝时代结束。

的人固然多，却没有人对它有深刻领会，也没有人由此而对歌道三昧有深刻理解，岂不是可悲的事情吗？

吟咏和歌的人，必须知道什么是歌道的本质。但吟咏和歌的人虽多，对歌道的总体理解却不尽正确。对歌道趣旨不甚了解，却又咏歌，则完全不成体统。所以咏歌者必须深知歌道趣旨。如果不知歌道趣旨，就要好好阅读体会这部《源氏物语》。而要弄懂《源氏物语》的趣旨，就要好好阅读我在本书中所阐述的《源氏物语》的“大意”部分，并将物语与和歌联系起来加以思考。

对于《源氏物语》，古来注释之书甚多，但不够细致，晚近的注释书虽然趋于细致，但由于作者对歌道不甚了解，因而许多看法不合作品本意，难以成为读者理解歌道的指南。晚近以来的许多人貌似懂歌道实则一窍不通，所以对《源氏物语》的解读也出现了偏差。这是很令人遗憾的，为此我才详细阐发《源氏物语》的本意，以解读者之惑。关于这部分内容，读者可以阅读其中的“大意”部分。对于《源氏物语》的趣旨有了深刻理解，自然可以弄懂和歌之道。弄懂和歌之道，则所咏和歌无论水平高低，都不会重拾古人之牙慧。

或问：为什么说《源氏物语》与歌道是完全一致的呢?

答曰：和歌由“感知物哀”而来，换言之，读和歌可以“知物哀”。《源氏物语》的宗旨是让人“知物哀”，换言之，要感知物哀，就可以读此物语。所以，和歌与《源氏物语》在这一点上是完全一致的。

或问：这么说的话，能知物哀，则能咏歌；而能咏歌，则知物哀，那还有什么必要通过阅读《源氏物语》来理解歌道的本质呢?

答曰：如前所述，人情不分古今贵贱，人皆有之，但人情也随着时代、风俗、环境而有所不同。和歌由感物而生“哀”，理应没有古今贵贱之别。中古以来学习古代歌风，并由此接触古代风俗人情，了解古代风俗人情。而所学习的古代和歌都是中等以上阶层的歌人所吟咏，其所表现的风俗人情也是中等以上阶层的风俗人情。所以要学习古代和歌，就要了解古代中等以上阶层的风俗人情，为此，最有效的方法就是要阅读《源氏物语》。所以说，要理解歌道的本质，就要认真阅读

《源氏物语》。

不过，也许有人会认为即便不看《源氏物语》，也能了解古代中等阶层的精神世界与风俗人情。这种看法不免舍本逐末，是糊涂之念。如今的歌人都是这么想的。譬如看到了一件出自工艺大师之手的精美工艺品，就仿照它制作了一件。看上去仿制品在外观上似乎没有什么不同，但仔细观察之后，或在具体使用的过程中，就会发现赝品绝不同于真品。同理，只从古代和歌中无法充分了解古代风俗人情，所作和歌也不会本色地道。只有好好阅读《源氏物语》，充分了解古代中等以上阶层的风俗人情，然后再设身处地地阅读他们的和歌，如同走到工艺师的身边认真请教和学习，并仔细观察其作品，模仿外形，领会实质，其作品方能做到形神毕肖。

今人作歌，往往是看了古代和歌就模仿之，却对古代和歌何以作出，懵懂无知，结果多半与古代和歌貌合神离。只有好好阅读《源氏物语》，深入了解古代中等以上阶层的风俗人情，才能理解古代和歌创作的根本，才能使今人的和歌与古人的和歌，在精神上相通无阻。

或问：为什么说看了《源氏物语》就可以了解古代和歌的

根本呢?

答曰：古代和歌所吟咏的各种事物，均由“知物哀”而得，其创作的根本，就是“知物哀”。将古人“知物哀”的途径方法搞清楚了，也就搞清了他们创作的根本。而《源氏物语》对古人的“知物哀”做了具体生动的描写，因而读此书，可以得知古人是如何“知物哀”的。

或问：“知物哀”古今贵贱不应有别，为什么强调“要感知古代中等以上阶层的物哀”呢?

答曰：如上所说，人情没有和汉、古今、贵贱之分。但随着时代风气、地方风俗、生活环境的不同，人情也有所不同。鉴于中古以来的和歌都向古代和歌学习，而古代和歌都是中等以上阶层的歌人所作，平民百姓中没有歌人，所以要学好古代和歌，就要好好了解古代中等以上阶层的风俗人情，否则就不能理解其和歌创作的根本。古今、贵贱的不同，造成了人情的些微差异。情有不同，对物哀的感知也会有所不同。因而，需要深入了解古代中等以上阶层对物哀的感知方法。

或问：读古代的歌与读当今平民的歌，感觉没有什么不同。见樱花则生其趣，见梅花则闻其香，逢春天而心荡漾，遇秋季则感悲凉，望明月而感物哀，思情人而欲断肠，寄旅途则思故乡，遇哀事则心悲伤，遇喜庆则心花放，如此之类，并无古今贵贱之别。古代中等以上的人情，果真有什么特别的不同吗?

答曰：这只是说出了其不变之处，另外，古代与现代、富贵与贫贱，也有所不同。古代和歌所吟咏之事，无论如何也不会使人感到是当今之事。当今所吟咏之歌，也不会让人感到是古人之歌，这就是古与今的不同。而今天的和歌吟咏方法，大多学习古人。当今有许多和歌并无新意，仅仅模仿古歌，当今有特色的事物，只因古歌未曾吟咏而不吟咏。如此，古与今怎能不变?

可以举一两个例子加以说明，古人和今人都爱吟咏月亮与花朵，两者可以加以比较。今人无论怎样喜好风雅，也很难像古代和歌或物语那样对花月如此深爱。阅读古代和歌与物语，就会发现古代人热爱花月之心，以及由花月而感触人生、感知物哀之深，与今人有云泥之别。今人虽也表现了花儿的可爱，月儿的可哀，然而能够深深打动人心者殆无所见，这能说古今没有变化吗？就吟咏花月的和歌而言，以今人之心所吟咏出的相关和歌皆无甚可观。有的和歌看上去与今人之心不同，模仿的是古代和歌与古人之心，而吟咏方法却是现代的，这就需要对古代的人情加以仔细体味。

再举恋歌的例子。今人谁都有风流好色之情，但像古人那样为恋爱而不惜性命者却越来越少了，即便有为恋爱而舍命者当今仍时有所见，但其情趣、心情却与古代大不相同。未恋爱者也能吟咏恋歌，那是因为模仿了古人的恋歌。要吟咏恋歌，不了解古人的风俗人情是不可能的。以此可知，古人之情与今人之情有所不同，其他方面也可以此类推。

即使在古代，和歌所吟咏的也有许多是无中生有之事，要学习这些和歌，就要学习上古歌人之心，或者吟咏所思所想的事物，由心灵的想象而沛然成篇。正如《源氏物语》中所说的那样，“对于好人，就专写他的好事”，无论是和歌还是物语，要深深地表现“物哀”，使读者、听者也能深深地感知“物哀”。古代和歌，即使所吟咏的并非实有，这也并不妨碍我们学习古代和歌，也不妨碍我们向古人学习咏歌之心。

学习古人之心，将物语中所描写的古人情态与古代和歌统一起来，便能更好地理解《源氏物语》里中等以上阶层的风俗人情。当自己身临其境咏歌时，所咏之歌无论优劣，都不会有违古人之心。如果长期浸淫于《源氏物语》，朝夕赏玩之，并以其境界咏歌，便会在不知不觉中悟得古人风雅之情，心也自然与古人有所相通，尽可能远离俗人之心，则见风花雪月时，也与俗人所见有异，而能深深感知物哀。这就是歌人读《源氏物语》的好处，因此《源氏物语》为歌人所必读。

也许会有人认为，不读《源氏物语》，只学古代和歌，歌心与古人也会趋同。这种想法是不对的。如上文所述，只读古代和歌而知古人之心，远远不够。只有读《源氏物语》，又学古代和歌，才能深刻理解古代和歌的本质。在只看古代和歌集的题解而不看物语的人眼里，古代的风俗人情就仿佛异国他乡的事物，颇有隔膜之感，和歌也是如此。对古代和歌有所隔膜，是因为对古代的风俗人情不甚了解，只有认真阅读《源氏物语》，对古人的情趣加以仔细理解、体会，在读一首古代和歌的时候，甚至在读一行和歌题解的时候，就仿佛听到的是自己所熟悉的家乡的事情，很快理解并能深深感知其物哀。正如听到陌生人的事情与听到曾与自己朝夕相处的朋友的事情，感受有所不同，同是感知物哀，熟悉者与不熟悉者则有很大差异。

或问：吟咏和歌必须了解古人的心情，这一点已经明了，但说需要了解中等以上阶层的风俗人情，仍然难以理解。因为古人之情应该与身份高下、贵贱没有关系，为什么要特别强调需要了解中等以上阶层的风俗人情呢?

答曰：如上文所述，人情因其境遇而有所不同，贵人有贵人之情，贱人有贱人之情，僧人有僧人之情，俗人有俗人之情，男人有男人之情，女人有女人之情，老人有老人之情，壮夫有壮夫之情，其间都有细微的差异。而在《源氏物语》中，对这些差异都有细致的描写，不仅是情有不同，而且言语表现也有差别。《源氏物语》在描写时对此都有分别，读者一定要加以注意、认真体会，其中高贵之情与卑贱之情不同，是毋庸赘言的。

或许有人认为，既然和歌所吟咏的都是人之所思所想，那么卑贱者只将卑贱者之情加以吟咏即可。这种想法有其道理，但中古以来，歌人所咏之歌都是学习古代，并非按自己的所思所想随意吟咏。如上文所述，今人未曾想的事情也可以模仿古代和歌而加以吟咏，如此则当今的和歌皆与古人的和歌之心相通。在今人视为楷模的古代和歌中，却未见身份极为低贱者的作品。身份低贱者当然也曾经吟咏了与他们身份相适应的和歌，但那些歌并没有流传下来，或许是因为那些歌不值得流传于后世吧。流传至今的和歌集中的作品，都是有官位俸禄的人所吟咏的，所表现的是有身份地位者的风俗人情。他们眼中所见风花雪月、恋爱之情，与卑贱的庶民之心情必然有所不同。既然以这些和歌为楷模，学习并模仿之，就必须深入了解他们的风俗人情，而要了解他们的风俗人情，就必须要好好阅读《源氏物语》。

问曰：卑贱者吟咏与其卑贱者的身份境遇相适应的和歌，才是和歌之“誠”①。如果隐去自己的卑贱身份而模仿贵人，则有悖和歌之“誠”了。这岂不是僭越的行为?

① “誠”：日语读作“まこと”（makoto），是日本文论中的一个重要概念，其含义与汉语的“诚”大致相通，兼指“心”之“诚”（诚实、真诚）与“物”之“诚”（真实）两个方面。

答曰：在论述和歌本质的时候，确实应作如是观，但要吟咏出好的和歌，词与意都应该加以仔细选择。要选优，则不能不学习古代和歌，要学习古代和歌，就不能不了解中等以上阶层的风俗人情。如果随心所欲地吟咏自己所处时代的卑俗之情，则无好歌可以吟咏。

问曰：假如说贵人之情就值得学习，那么如今的宫廷贵族[①]都属贵人，难道他们的和歌就比庶民[②]的和歌优秀吗？而且，即使不看《源氏物语》，贵人也自然有其贵人的风俗人情，对此如何理解？

答曰：古代的贵人和当今的贵人不能作同一观，古代的宫廷与当今也多有不同。古代的高雅多值得追怀，但后来有了很多变化。到了中古[③]时代，正如一首和歌所吟咏的那样：“古殿

---

① 宫廷贵族：原文作“堂上”，指的是“公家”（与“武家”相对），即宫廷贵族。

② 庶民：原文作“地下人”，指平民、庶民，是与“堂上”相对而言的。

③ 中古：原文作“中顷”，指的是古代与现代之间的时代，所指界限较为模糊。

生杂草，断壁残垣情未了，今与昔遥遥。”[①]何况当今的风俗人情，怎能如同古代一样呢？有许多事物，古代和歌中多有吟咏，如今则几乎不见了，这是因为随着时事推移，风俗人情也在发生着变化。看看如今那些贵人吟咏的和歌，有不少与古代和歌已大异其趣，证明两者不可同日而语。

与其直接观察当今宫廷贵人的风俗人情，不如认真阅读《源氏物语》，从中了解古代贵人的风俗情态，然后吟咏和歌，将受益无穷。在读《源氏物语》时，以源氏为中心，将好事集于其一身，描写了古代贵族的生活世界，读者观其容姿，听其言语，学其行为，知其心底，便可对宫廷的生活情景、贵人的风度、朝廷的仪式、四季的节日宴会悉数了然于胸。还有比这更有助于和歌之道的吗？歌人若修身养性，就需将《源氏物语》置于案头，朝夕赏玩。

或问：记述古代之事的书籍很多，物语也有不少，为什么要特别提倡读这部《源氏物语》呢?

---

① 出典《续后撰集》，总第1202首，又见《百人一首》，作者是顺德院天皇。

答曰：书籍诚然很多。但国史之类都是仿照中国书籍的写法，读之不能尽知人情的细微之处。假如拿中国的书籍与日本的和歌、物语相比拟，那么中国书就是别人的家，那里固然描写了人情，但只是写表面的大门、客厅和装饰，看上去漂漂亮亮、一尘不染，但家里内部如何就不得而知了。而和歌与物语所描写的，是从厨房到内宅卧室，家内的种种一切虽然显得杂乱，但却让你对整个家的情形有完全的了解。所以，要想对真实的人情不加遮蔽地详细了解，最好还是读物语。而《源氏物语》在众多物语中又是出类拔萃、无与伦比的，阅读它，可以胜过阅读其他一切作品。

《源氏物语》的优异之处无须多言，古人对它的赞词也相当多。总体来说，人们都认为《源氏物语》文笔优美，令读者美不胜收，叹为观止；对万事万物用心详细描写，令读者如见其形，如闻其声，印象鲜明、深受感动；大部分的叙事首尾连贯，有始有终，广泛涉及世态人情，令读者通过其叙事状物而广知世事，感知“物哀”。而且不写荒诞不稽之事，只将世间寻常事，付诸流畅优美的文字，令读者身临其境，深感共鸣。这一切都为其他的物语作品所不能及，故而显得卓尔不群。

像《源氏物语》这样细腻真实地表现世态人情，让人感知物哀的作品，无论和汉还是古今，都是绝无仅有的。孔子若知道有此书，必放下“诗经三百篇”，而将此书列入“六经”之中。而了解孔子之意的儒生们，也不会以我的这番话为夸张之言了。

问曰：所谓学习古代和歌，其“古代”具体指的是哪个时代?

答曰：中古以来，我们所学习模仿的首先是《古今集》，其次是《后撰集》和《拾遗集》，以此“三代集”[①]为楷模，“心”与“词”皆效仿之。至于和歌体制因时代变化会有所不同，对此将另文详论[②]，在此不赘。

问曰：《咏歌大观》[③]有云“情以心为先”，而您在上文中却说“学习古歌之情”，这与当今的吟咏方法有所不同，何也?

---

① 三代集：指《古今和歌集》及此后的两部敕撰和歌集《后撰集》和《拾遗集》。

② 本居宣长在《排芦小船》第五十九段中对此问题做了论述。

③《咏歌大观》：藤原定家的歌论文章，写于1213—1218年间。

答曰：所谓“情以心为先”的“情”，指的是“心”（こころ），不能囿于汉字的“情”字来理解，它指的是现今一首首和歌中的“意”（こころ），就是说一首首和歌之“意”（こころ），虽经古人反复吟咏，仍能推陈出新。这和我所说的“学习古代和歌之情”意思并不相同。举例来说，将樱花比作彩云，将红叶比作锦绣，说“滴泪成海，渔夫可泛舟”之类，就是我所说的“情”。如今和歌的情感表现方式，大都从古代学来。托物言志、直抒胸臆等，也都不出于古人之情。

然而《咏歌大观》中所说的“情”字并不是这个意思。我所说的将樱花看作彩云，将红叶看成锦绣之类的古代和歌之“情”，是在古代和歌的表现方法中，将同一个事物赋予新意加以吟咏，并非在吟咏雪时，写出“空海降雪而成盐”之类的新奇语句。如果不模仿古代和歌之“情”，而一味追新求奇，必然会作出这类和歌，所以“词”与“心”，都要向古人学习。

问曰：要以《古今集》，其次是《后撰集》《拾遗集》为楷模，就要对那时的风俗人情好好加以理解。但《源氏物语》较这些和歌集晚出，时代岂不是并不相同吗？而且紫式部时代，和歌已经呈现颓势，既然如此，为什么还要通过读《源氏

物语》来了解其中的风俗人情呢?

答曰：随着时代推移，世间风习有所变化，《万叶集》之前暂且不说，都城迁移之后[①]，歌道开始式微，朝廷对和歌很不重视。但自仁和[②]年间开始有所复兴，宽平、延喜[③]之后歌道方盛，世间风俗虽有所变化，但插图物语的盛行似乎是在宽平、延喜年间，物语文学所描写的大体上也是这个时代的情景。《伊势物语》等出现的时间稍早于此时，但作品所描写的风俗人情也没有多大不同，虽然稍有变化，但文体上仍保留古风。此外，物语文学所表现的大体上都是宽平、延喜前后的风俗情态，未见有很大的变化。

此后，若将一条天皇[④]年间与宽平、延喜年间加以对照，就可看出其间歌风发生的些微变化，但世间风俗情态却依然如

---

① 指都城从奈良迁往平安京（今京都）之后，亦即平安王朝时代。

② 仁和：平安时代的年号，相当于885—889年。宇多天皇在位时（887—897），“歌合”（和歌比赛会）频繁召开，和歌开始复兴。

③ 宽平、延喜：平安时代年号，宽平，相当于889—898年；延喜，相当于901—923年。

④ 一条天皇：平安王朝时期的天皇，986—1011年在位，紫式部所侍奉的藤原彰子就是一条天皇的中宫。

故，未有改变。贵人的风情、宫廷的情景大体相同。所以，要学习"三代集"的和歌并了解那时的风俗人情，就要读《源氏物语》，这在时序上没有任何问题。若为学习《万叶集》的歌风而要求读《源氏物语》，那就离谱了，因为其间的风俗人情很不相同。"三代集"的和歌则与《源氏物语》的风俗情态没有变化，完全相同。因而咏歌者应该朝夕浸淫于《源氏物语》之中，从中仔细体察古代的风俗人情。身临其境、情临其景，知其"物哀"时，今人吟咏的和歌才能尽得古代和歌之精髓。

问曰：关于读《源氏物语》而"知物哀"的方法，愿闻其详。

答曰：《源氏物语》将世间一切，包括所见、所闻、所思、所触加以描写，动之以心，感知物哀，通过写作将心中郁积之情加以抒发，又通过读者的阅读将心中郁闷向人倾诉，从而得以排遣。紫式部是将日常心中所淤积的"物哀"，在《源氏物语》中尽情写出，使读者也深有所感，并留下强烈印象。关涉"物哀"之事，作者表现全面细腻、无一遗漏，读者也会深以为然，并感知其"物哀"之情。为了让读者感知"物哀”，就要深刻地描写出“物哀”，只有深刻地描写了“物哀”，读者才容易感知“物哀”。

例如，读者看到物语中的人物抑郁而不得排遣的时候，就会将其引为同道，推敲作品中的人物心理，并由此而“知物哀”。因作品详细描写了人物郁郁寡欢的缘由，读者就可以设身处地地推敲人物的抑郁之情。其他描写也是如此。当作品中的情景与当事人的心情合二为一的时候，读者就会感到身临其境、心有所通。知其事而思，见其物而感，由此推敲万事，这便是读物语而“知物哀”。

像这样将物语中所描写的一切事物，包括人们的行为、心理，加以深入推敲理解，便会对古代的风俗人情了如指掌。赏花时与古人一起赏心悦目，观月时与古人一起心心相印，春之心、秋之情相通，闻杜鹃啼叫而心动，遇恋情而相思，不见情人而伤感，重逢则欢愉。将这一切加以细腻描写，读者就会将自己的心投注于作品中的人物身上，与人物发生强烈共鸣，这就是“知物哀”。这对于当今的和歌创作，是大有裨益的。

和歌创作的根本宗旨就是“物哀”，而要“知物哀”，不如读《源氏物语》。《源氏物语》源于紫式部的“知物哀”，当今读者的“物哀”则从这部物语中来。《源氏物语》集中表现“物哀”，是为了让读者感知“物哀”，此外别无他意。读者除了“知物哀”之外，也没有其他意义，而“知物哀”也是歌道的本意，“知物哀”之外，没有物语，也没有歌道。所以《源氏物语》之外没有歌道，对此，后学者应认真思考并加以理解，力求“知物哀”。而要“知物哀”就要知《源氏物语》，知《源氏物语》就是悟得了歌道。

然而，此前《源氏物语》的各种注释书却将这部物语视为教诫之书，认为作者是为了劝诫读者，这种观点是理解《源氏物语》的魔障。《源氏物语》实则毫无劝诫之意。我为这些魔障对读者造成的迷惑深感可悲，故撰写此书，仔细分析作者的本意，以解后学者之惑。

要问劝诫之说如何成为理解物语的魔障？是因为以劝诫之心阅读，就无法正确地理解这部物语。为什么说劝诫之心会影响对《源氏物语》的理解呢？是因为只看到劝善惩恶，对“物哀”的感受就会受到遮蔽。“物哀”被遮蔽，岂不就是《源氏物语》的魔障吗？岂不就是歌道的魔障吗？要问为什么劝诫之说会遮蔽“物哀”？是因为，大凡儒教、佛教的道德教诫，多是对自然的人情加以抑制和压迫，处在“知物哀”的成长时期，而被引导于道德劝诫中，就会多受压抑与钳制。因此，以道德教诫的观点读《源氏物语》，就会对“物哀”的感知造成妨碍。以教诫之心看物语，则“物哀”会被遮蔽。因此可以说，教诫之论是理解《源氏物语》的魔障。

无论是《源氏物语》还是和歌之道，都不以宣扬儒佛之道为本意，而以“物哀”为宗旨，如果将物语与和歌视为道德教诫的书籍，则完全有悖于物语、和歌之本意。不同的书籍各有其本意，各有其用处，不明白这一点就会将不同性质的书籍混为一谈，徒添蒙昧、徒增混乱。儒教有儒教的本意，佛教有佛教的本意，物语有物语的本意，将这些加以混同、一概而论，就会胶柱鼓瑟、牵强附会。只有站在和歌、物语的立场上，深明其本意，才能得出正确结论。外国书籍的本意无论多么正确，也不能作为衡量和歌、物语的尺度，否则就会堕入牵强附会的邪说。将和歌、物语拉入道德教训之道，是一种卑贱可耻的行为，是因为他们不知道和歌、物语自有其本意，不知道一旦将和歌、物语强行纳入教诫之道，必然会扭曲和歌、物语的本质。从事道德训诫的书多得数不胜数，完全没有必要将与此无关的物语拉入其中。

以道德教诫的眼光看待《源氏物语》，就好比要看樱花，却将樱花树砍掉当柴烧一样。薪柴是日常用物，不可或缺，因而薪柴也不是坏东西。然而将不应用作薪柴的樱花树砍作薪柴，那就可恨可憎了。因为可做薪柴的树木另外还有很多，不砍樱花树也不会缺少薪柴。樱花树本来是为赏花所栽，用作薪柴有悖栽植的本意。砍掉它而做薪柴，岂不是无情无“心”之举吗？樱花无论何时都是“物哀”之花，这才是它的本质。

第五章

有心之人才可体会物哀之情

问：所谓“知物哀”，是指何而言呢？

答曰：《古今集·序》云：“倭歌，以人心为种，由万语千言而成。”所谓“心”，就是感知“物哀”之心。接着又云：“人生在世，诸事繁杂，心有所思，眼有所见，耳有所闻，必有所言。”所谓“心有所思”，也是指“知物哀”之心。“以人心为种”，是为提纲挈领之语，然后做具体解释。同样地，《真名序》所云“思虑易迁，哀乐相伴”，说的也是“知物哀”。

之所以将这些话解释为“知物哀”之意，是因为世间一切众生都有“情”。有“情”，则触物必有思；有思，而所有众生都有歌。其中，人类为万物灵长，心地聪慧，思虑亦深。而且人的生活远比禽兽复杂，经历的各种事物也多，所思所想也多。所以，歌对于人而言不可或缺。

为什么人的思想复杂深刻呢？就因为人能够感知“物哀”。诸事繁杂，每每有所经历，则情有所动。情有所动，或欢乐或悲哀，或气恼或喜悦，或轻松愉快，或恐惧担忧，或爱或恨，或喜或憎，体验各有不同。这皆因“知物哀”而心有所动。

所谓因“知物哀”而心有所动，譬如，遇高兴之事而高兴，是因为认识到此事应该高兴；遇到可悲的事情而悲哀，是因为意识到此事可悲所以悲哀。根据各种具体不同的事情，而知其可喜或可悲之缘由，就叫作“知物哀”。倘若对于事情的本质没有理解，就没有高兴或者悲哀，心就无所寄托。心无所寄托，就不能咏歌。

众生各有其能，对于事物的实质都有所分辨，或以物喜，或以物悲，因而有歌。但其中对于事物的辨别与认识，有程度深浅之别。禽兽浅薄，与人相比近于懵懂不辨，而人则优于其他众生，能了解事物本质，并感知“物哀”。人也有深浅之别。与深知“物哀”的人相比，也有人近乎完全不知“物哀”，其间差别甚大，通常不知“物哀”者为多。当然并非绝对不知，只是深浅有别。而歌只能从深知“物哀”的人当中才能产生出来。

所谓“知物哀”意思大体如上。更具体地说，所谓“感物”[1]，就是“知物哀”。所谓“感”，不是通常所认为的只是对好的事物的感知。“感”字，注释为“动也”[2]，有“感伤”“感慨”等意，系指对万事万物都有所触发，心有所动。然而在我国，只是就可喜可贺的事情而言才用“感”字，将“感”字写成为“めづる”固然无错，但将“感”字训读为“めづる”[3]，则不可取。因为“めづる”也是“感”的一种，还是应该写成“感”，但“感”字不限于“めづる”，所以用“めづる”来解释“感”字，仍是言不尽意。对万事万物都有所心动，或喜或悲，深有所感，都是“感”字本义，也就是“知物哀”。关于“知物哀”，我在《紫文要领》一书中也有详细论述。

“阿波礼”（あはれ）这个词是深有感动之词，后世多以为它只是就可悲哀的事情而言，于是用汉字的“哀”字来标

---

① 感物：原文“物に感ずる”，似受到中国《礼记·乐记》中“感物”的影响。

② 出典《康熙字典》。

③ めづる：动词，意为“心被吸引”。

记。实际上，“哀”仅仅是“阿波礼”的一种，“阿波礼”不限于“哀”。在《万叶集》中，有“可憐”一词，读为“阿波礼”，这也仅仅是“阿波礼”一个方面的意思，并没有表达出“阿波礼”的全部含义。“阿波礼”是一个叹词，对事物深有感动，不问身份高低上下，都可以使用这个叹词[①]，如同“阿夜”“阿那”[②]之类。《仁贤天皇纪》中有：“吾夭可怜矣，此云阿我图摩播耶。”[③]《皇极天皇纪》中将“咄嗟”读作“阿耶”，汉文中的“呜呼”“于嗟”[④]“猗”等字，大都读为“阿阿”。“阿阿”也是叹词。《古语拾遗》云：“当此之时，上天初晴，众俱相见，面皆明白，伸手歌舞，相与称曰：‘阿波礼！阿那於茂志吕！阿那多能志！阿那佐夜憩！’云云。”[⑤]这段文字，虽有可疑之处，但见于古籍，是天照大神从

① 日语特别是古日语中一些词，使用时有身份标记。

② “阿夜”读作“あや”，“阿那”读作“あな”，意为“啊呀”“啊哪”。

③ 出典《仁贤天皇纪·秋》，原文全用汉字写成。

④ “于嗟”，疑应为“嗟乎”。

⑤ 原文用汉字写成。其中，“阿波礼！阿那於茂志吕！阿那多能志！阿那佐夜憩”是万叶假名，日语的发音是“あはれ　あなおもしろ　あなたのし　あなさやけ”，意即啊，多有趣！啊，多快乐！啊，多晴朗！

天之岩屋中走出来之后说的一段话。所以，“阿波礼，言天晴也”[①]的注释，实乃后人的臆说，不足为信。学者们不解其意，以为“阿波礼”乃“天晴”之意，现应予辨正。此处的“阿波礼阿那”重叠使用，都是感叹词。

日本武尊有御歌曰：

> 直对着尾张国的
> 那棵松树啊！
> 你若是个人，
> 便叫你佩上大刀，
> 叫你穿上衣服。[②]

又有歌曰：

> 云气迷蒙，
> 初云建所佩大刀，

---

① 出典《古语拾遗》对“阿波礼”的注释。

② 出典《古事记》下卷“景行纪”。其中“那棵松树啊”，原文为“一つ松あはれ”。

刀鞘的黑藤缠得多好！
只是没有刀身，
多可惜啊！[①]

此外，《古事记》中还有《思妻あはれ》（“思妻叹”）、《影姬あはれ》（“影姬叹”）等歌。圣德太子有歌云：“饿倒在路旁的旅人啊，真可怜！”[②]此处的“真可怜”（あはれ）听起来似乎是怜悯、可悲的意思，实际上这是后人的理解，不是上古时代的意思，上古时代的“あはれ”都是感叹词。所谓“影姬あはれ”“旅人あはれ”，都是“影姬啊”“旅人啊”的意思。《古事记·景行纪》中日本武尊所吟“吾妻者耶”（あづまはや），《古事记·允恭天皇纪》中记载新罗人吟咏亩火山、耳成山时，读作“宇泥咩巴椰、弥弥巴椰”（うねめはや　みみはや），词尾都带有叹词“者耶”（はや）或“巴椰”（はや），两者加以比照，有助于理解

① 出典《古事记》下卷“景行纪”。其中“多可惜啊”，原文为“真身なしにあはれ”。

② 出典《推古记》二十一年十二月朔条。原文：“飯に餓て　臥やせるその　旅人あはれ。”

“あはれ”。

“阿波礼牟”（あはれむ）这个词，是“感到怜爱”之意，与感到悲哀的“可悲”是相同的词性，指的是一切打动心扉、深有所感之事，意即以某某为“阿波礼”（あはれ），而不仅仅局限于表达喜爱之情。

但一切词的用法，都会随着时代推移而多有变化。“阿波礼”（あはれ）这个叹词后来其词性发生了变化，意义也有所改变。《万叶集》中大伴坂上郎女有一首歌曰：

像湍急的河水上，
无依无靠的鸟儿，
我的人儿啊！①

句末的“啊”（あはれ）与《古事记》《日本书纪》古歌中的“あはれ”意义相同。

又，佚名作者的一首歌曰：

---

① 出典《万叶集》卷四，总第761首。原文：“早川の瀬にをる鳥の縁をなみ　思ひてありしわ子はあはれ。”

清晨驶往名海中，

海上传来鹿鸣声，

啊，水手！[①]

又有一首歌曰：

浓雾之雨夜，

杜鹃鸣叫着飞过，

啊，那只杜鹃鸟儿！[②]

这两首歌中的“啊”（あはれ）意思相同，都是感叹词，只是用法上稍有不同。在《万叶集》中，以上两首歌中的“あはれ”原本写作“可憐”，《仁贤天皇纪》将这两个汉字写作“播耶”（はや）。“播耶”（はや）与“あはれ”一样都是感叹词。

---

① 出典《万叶集》卷七，总第1417首。原文：“なごの海を朝漕ぎ来れば海中に　鹿子ぞなくなる　あはれその水手。”

② 出典《万叶集》卷九，总第1756首。原文：“かき霧らしの雨の降る夜を郭公　鳴きてゆくなりあはれその鳥。”

《万叶集》卷十八，有一首大伴家持写的吟咏杜鹃啼鸣的长歌，其中有：

催人泪下的
可怜的鸟儿，
总是不停地啼鸣。[①]

这句歌中的"可怜"（あはれ）的用法较为晚近，与前面所列举的用法有所不同。在以前的和歌中，有"那棵松树啊"（あはれ）、"旅人啊"（ あはれ）、"啊（あはれ）那鸟儿"，等等之类，都是在对某事物有所感动时，用作叹词，意为"啊！"倘若咏叹为"啊（あはれ），那鸟儿啊"，也属于感叹词。而以上这首长歌中的"可怜（あはれ）的鸟儿啊"，用法则有所不同，它直接修饰被感叹的事物，说成"可怜（あはれ）的鸟儿"。

后来的《古今集》也使用"あはれ"，如：

---

① 出典《万叶集》卷十八，总第4089首，是长歌中的最后一句。原文："うち嘆き　あはれの鳥と　いはぬ時なし。"

鸣呼（あはれ）荒芜旧宅院，
几代住此间，
如今断人烟。[①]
鸣呼（あはれ）！
古代有人丸[②]，
堪称人中仙。[③]

这里的“鸣呼”（あはれ）完全是感叹词，是后世的一种固定用法。

俗语中的“天晴れ”（あっぱれ）[④]一词，则是“あはれ”的促音[⑤]化。

---

① 出典《古今和歌集》卷十八，总第984首。原文：“荒れにけりあはれ幾世の宿なれや　住みけむ人の訪れもせぬ。”

② 人丸：指《万叶集》时代著名歌人柿本人麻吕。

③ 出典《古今和歌集》卷十九，总第1003首，是长歌中的一句。原文：“あはれむかしべ　ありきてふ人丸こそは　うれしけれ。”

④ 天晴れ（あっぱれ）：是“あはれ”的强调形，常用于表示强烈赞美。

⑤ 促音：日语的一种发音方法，即在前后两个语音之间空一拍，以“っ”作为促音的标记，如“あっぱれ”。

《古今和歌集》有和歌曰：

时光不可留，
呜呼（あはれ）几度春秋，
管他喜与忧！[①]

另有一首和歌，其中有一句曰：

夜幕已降落，
形只影单，
徒呼奈何（あはれ）！[②]

以上的“呜呼”（あはれ）、“徒呼奈何”（あはれ）都是感叹词。

《蜻蛉日记》中有“关隘之道令人慨叹，遥望前方……”

---

① 出典《古今和歌集》卷十七，总第897首。原文：“とりとむるものにしあらねば年月を　あはれあなうと過ぐしつるかな。”

② 出典《古今集》卷十九，总第1001首，是长歌中的一节。原文：“墨染の夕になればひとりいて　あはれあはれとなげきあまり。”

云云，其中的“令人慨叹”（あはれ）也是表示内心的叹息。

《古今和歌集》中使用“あはれ”的和歌还有许多，如：

“啊”（あはれ）！赞美独给她，
唯此樱花树，
春后迟迟晚开花。①

欢爱时“啊”（あはれ）声不止，
若无此呐喊，
如何来克制！②

听人叹声“啊”（あはれ），
令我不忍心
弃世离家。③

---

① 出典《古今和歌集》卷三，总第136首。原文：“あはれてふことをあまたにやらじとや　春に遅れてひとりさくらむ。”

② 出典《古今和歌集》卷十一，总第502首。原文：“あはれてふことだになくは何をかは　恋の乱れの束ね緒にせむ。”

③ 出典《古今和歌集》卷十八，总第939首。原文：“あはれてふことこそをうたて世の中を　思ひ離れぬほだしありけり。”

言叶[①]上一声“啊”（あはれ），

树叶上一滴露，

都是怀旧之泪。[②]

《后撰集》中也有使用“あはれ”的和歌，如：

忘记樱花会凋零，

愿将物哀（あはれ）情，

永寄此花中。[③]

说声“阿波礼”（あはれ），

即可得慰藉，

为何要悲悲戚戚！[④]

---

① 日语的“言叶”是“词语”之意，此处的“言叶”与以下的“树叶”相对，形成了一种修辞效果。

② 出典《古今和歌集》卷十八，总第940首。原文：“あはれてふことの葉ごとに置く露は　昔を恋ふる涙ありけり。”

③ 出典《后撰和歌集》卷三，总第133首。原文：“散ることの憂きも忘れてあはれてう　ことを桜に宿しつるかな。”

④ 出典《后撰和歌集》卷十六，总第1193首。原文：“あはれてふことに慰さむ世の中を　などか悲しといひて過ぐらむ。”

告别众亲人，

听得一声“阿波礼”（あはれ），

泪水涟涟情无已。[①]

以上和歌中的“あはれてふこと”，指的是“あはれ”的感叹，而不是指可哀之事。这从上述和歌中大多使用的“ことの葉ごとに”（事之词）这一词组即可看出。

“阿波礼”（あはれ）这个感叹词，就是发自内心深深的感叹。正如“春后迟迟晚开花”那首和歌所吟咏的那样，只是将他人见之也会发出“あはれ、あはれ”的感叹，从自己的内心发出，而又不同于他人。其他和歌也是如此。

《万叶集》中有一首佚名作者的歌：

面向住吉的淡路岛，

为了你，

① 出典《后撰和歌集》卷二十，总第1396首。原文：“聞く人もあはれてふなる別れには　いとどなみだぞ尽きせざりける。”

无日不长声叹息（あはれ）。[①]

《古今集》有：

我身在何处，
世间总是空，
欢喜（あはれ）、悲哀两相同。[②]

《后撰集》有：

莫言欢喜（あはれ）莫言愁，
犹如阴晴无所定，
生死只在一瞬间。[③]

---

① 出典《万叶集》卷十二，总第3197首。原文："住吉の岸に向かへる淡路島　あはれと君をいはぬ日はなし。"

② 出典《古今和歌集》卷十八，总第943首。原文："世の中にいづらわが身のありてなし　あはれとや憂とや言はむ。"

③ 出典《后撰和歌集》卷十一，总第686首。原文："あはれとも憂ともやいはじかげろふの　あるかなきかに消ぬる身なれば。"

《拾遗集》有：

对君叹声“阿波礼”（あはれ），
恋心稍得慰藉，
舍命亦不惜。[①]

徒叹“阿波礼”（あはれ），
无人来倾听，
生命有何意义！[②]

空等心上人，
望月徒叹“阿波礼”（あはれ），
夜夜长相忆。[③]

---

① 出典《拾遗和歌集》卷十一，总第686首。原文：“あはれとも君だにいはば恋ひわびて　死なむ命も惜しからなくに。”

② 出典《拾遗和歌集》卷十五，总第950首。原文：“あはれともいふべき人は思ほえで　身のいたずらになりぬべきかな。”

③ 出典《拾遗和歌集》卷十八，总第1195首。原文：“来ぬ人を下に待ちつつ久かたの　月をあはれと夜ぞなき。”

在以上和歌中，“阿波礼”（あはれ）都是心有所感而嗟叹之。例如，对别人说“阿波礼”（あはれ），就是对别人而嗟叹，对自己说“阿波礼”（あはれ）就是对自己而嗟叹，对月儿等事物，都是如此。

又，《古今集》有：

往日远处看梅花，
唯有“阿波礼”（あはれ）感叹，
今日折花手中看。[①]

茫茫武藏野，
野草令人生哀怨（あはれ），
紫根一脉连。[②]

《拾遗集》有：

---

① 出典《古今和歌集》卷一，总第37首。原文：“よそにのみあはれとぞ見し梅の花　あかぬ色香は折りてなりけり。”

② 出典《古今和歌集》卷十七，总第867首。原文：“紫の一本ゆえに武蔵野の草はみながら哀れとぞ見る。”

大雪封群山，

道路都不见，

今日来客真可怜（あはれ）。[①]

月光朦胧照我身，

纵然不爱我，

亦会有哀怜（あはれ）之心。[②]

以上和歌都是眼有所见，心有所感，而叹为“阿波礼”（あはれ）。

此外，还有耳有所闻、心有所思的“阿波礼”（あはれ）。例如，《古今集》中有歌曰：

梅花色与香，

闻香更诱人（あはれ），

---

① 出典《拾遗和歌集》卷四，总第251首。原文：“山里は雪降りしきて道もなし　今日来む人をあはれとは見む。”

② 出典《拾遗和歌集》卷十三，总第793首。原文：“月影をわが身にかふるものならば　思はぬ人もあはれとや見む。”

衣袖沾香到如今。[①]

一人独叹“阿波礼”（あはれ），
夕阳照瞿麦，
唧唧鸣蟋蟀。[②]

想往事感慨万端（あはれ），
虽反复一如从前，
心有君绝无他恋。[③]

无论欢喜（あはれ）或悲伤，
睹物思人时，
两眼泪汪汪。[④]

---

① 出典《古今和歌集》卷一，总第33首。原文：“色より香こそあはれと思ほゆれ　誰が袖ふれし宿の梅ぞも。”

② 出典《古今和歌集》卷四，总第244首。原文：“我のみやあはれと思はむきりぎりす　鳴く夕かげのやまとなでしこ。”

③ 出典《古今和歌集》卷十一，总第474首。原文：“たちかえりあはれとぞ思ふよそにても　人に心をおきつ白波。”

④ 出典《古今和歌集》卷十五，总第805首。原文：“あはれとも憂しとも物を思ふとき　などか涙の糸なからん。”

宇治守桥人，

你我很亲近（あはれ），

此桥多年渡我身。①

《拾遗集》中有歌曰：

朝阳升起来，

露珠多可怜（あはれ），

化作水汽何处见！②

以上和歌中所表现的都是口有所念、眼有所见、耳有所闻、情有所感，都是感物而兴叹。

又如《拾遗集》中的歌：

故乡的山，

---

① 出典《古今和歌集》卷十七，总第904首。原文："ちやはぶる宇治の橋守なれをしぞ　あはれとは思ふ年の経ぬれば。"

② 出典《拾遺和歌集》卷十二，总第730首。原文："身をつめば露をあはれと思ふかな　暁ごとにいかで置くらむ。"

我不怀念，也看不见，

却只有感叹（あはれ）。[1]

梅花年年开，

花香永不变，

香气令人生爱怜（あはれ）。[2]

这些和歌中的“阿波礼”（あはれ）正如大伴家持思物咏叹，而咏为“可怜（あはれ）的鸟儿”一样，是对于故乡的山心有所感而咏叹，想到梅花的花香而心生爱怜（あはれ）之情。

以上和歌中的“阿波礼”（あはれ）均为形容词，此外也有名词的用例。例如，《后撰集》中的一首歌：

夜晚月与花，

---

① 出典《拾遗和歌集》卷六，总第350首。原文：“思ひでもなき故郷の山なれど　隠れゆくはたあはれなりけり。”

② 出典《拾遗和歌集》卷十六，总第1013首。原文：“年ごとに咲きは梅の花　あはれなる香は失せずぞありける。”

同在温柔乡，

知物哀（あはれ）者共欣赏。①

《拾遗集》也有一首：

春季只是鲜花开，

要想知物哀（物のあはれ），

更待秋天来。②

这两首和歌中的“阿波礼”（あはれ）都是名词。

如上所说，“阿波礼”（あはれ）这个词有各种不同的用法，但其意思都相同，那就是对所见、所闻、所行，充满了深深的感动。通常以为它只是悲哀之意，其实大谬不然。一切高兴之事、有趣之事、悲哀之事、爱恋之事，大都兴叹为“阿波礼”（あはれ）。在物语作品中，“あはれにをかしう”“あ

① 出典《后撰和歌集》卷三，总第103首。原文：“あらた夜の月と花とを同じくは　あはれ知れらん人に見せばや。”

② 出典《拾遗和歌集》卷九，总第511首。原文：“春はただ花のひとりへに咲くばかり　物のあはれ秋ぞまされる。”

はれにうれしう”两个词常常连用。《伊势物语》中有一句话：“这个男子每天夜里从乡下来，吹起动听的笛子，笛声优美动听，唱得令人感动。”[①]笛声动听，歌声优美，就是“阿波礼”（あはれ）。《蜻蛉日记》中有云：“心里常常如饥似渴，觉得可叹可乐的事情无限多。”[②]在这里，能够满足心理需要的也叫作“阿波礼”（あはれ）。

而在《源氏物语》中，多将“をかしき”与“あはれなる”作为两个反义词使用。这两个词的区别在于，一个是总括性的，一个是对具体而言的。总括而言，“をかしき”是包含在“あはれ”当中的，这一点我已经说过。[③]所谓对具体而言，就是在各种各样的人情的感动中，“をかしき”（可笑）的事，与“うれしき”（高兴）的事，较为浅；而可悲的事、可恋的事，给人的感动较深。给人以深深感动的，要特别归作“阿波礼”（あはれ），所以通常只把悲哀之事看成是“阿波礼”（あはれ）。譬如，在草木花卉中，特别地把“樱”叫

---

① “唱得令人感动”，原文“あはれにうたひける”。

② “觉得可叹可乐的事情无限多”，原文“あはれにうれしう覚ゆること限りなし”。

③ 作者在《紫文要领》中对此曾有阐述。

作“花”，这是相对于“梅”之花而言的，《源氏物语·若菜》卷有云：“梅花还是盛开期有看头啊！”即是一例。再如，音乐十二律[①]中的“吕”是包含在十二律之中的，具体而言，六律、六吕却是相反相对的。同理，就“阿波礼”而言，悲哀只是情感中的一种，是对情感加以具体区分之后的一种形态。凡是从根本上涉及人的情感的，都是“阿波礼”（あはれ）；人情的深深的感动，都叫作“物のあはれ”（物哀）。

关于“知物哀”与“不知物哀”的差别，举例来说，看到美丽的花朵，面对皎洁的月亮，就会涌起“あはれ”的情感，感知花朵之美而心有所动，这就是“知物哀”。假如无动于衷，那无论看到多么美丽的花，面对多么皎洁的月光，都不会生出感动，这就是“不知物哀”。

不只是对花如此，对世间一切事物均如此。对那些事物的情致、体性有所感知，值得高兴的事情则高兴，可笑的事则觉得可笑，可悲的事觉得悲哀，可怀恋的觉得怀恋，这种种的情感活动就是“知物哀”。而对此无动于衷、心如死灰，就是

---

① 十二律：指日本雅乐中的十二个音阶。

“不知物哀”。“知物哀”的人就是有心之人，不知“物哀”的人就是无心之人。西行法师[①]有歌云：

身上纵无心，
物哀亦须知。
山涧鹬鸟飞，
秋日黄昏时。[②]

这首和歌值得品味。

《伊势物语》中有一则故事写道：“从前，有一个男子，向一个女子百般示爱，天长日久，那女子毕竟不是木石，心有所动，哀之情渐渐产生。”[③]《蜻蛉日记》中写道：“连我这种麻木的人都受感动，何况他人，皆哀而泣下。”[④]这些都是

---

① 西行法师（1118—1190）：平安朝末期镰仓初期的歌人，俗名佐藤义清。出身武士豪门，擅长武术与兵法。后成为云游僧，歌咏所涉山水名胜，著有歌集《山家集》《闻书集》等，现存短歌两千首。

② 出典《新古今和歌集》卷四，总第362首。原文：“心なき身にもあはれは知られけり　鴫たつ沢の秋の夕暮。”

③ 哀之情渐渐产生：原文“やうやうあわれと思ひけり”。

④ 哀而泣下：原文“あはれと泣くなり”。

“知物哀”的例证。对此，我在《紫文要领》一书中有详细论述。

由“知物哀”而产生和歌。《古今集》卷十九有纪贯之的《奉呈古歌集时，由目录而作歌》，云：

盛世千万年，如竹之节代代传。
天彦音羽山，春霞迷蒙思纷然。
五月梅雨狂，深山子夜鸣杜鹃。
杜鹃声声哀，谁能安然入梦眠？
锦绣立田山，犹如披上唐绣绢。
满山红叶遍，双眼不禁频顾盼。
十月雨潇潇，冬夜庭前雪花飘。
雪花纷纷落，消融亦复添新雪。
岁岁复年年，啊啊哀哀亦可怜。
祝君千岁寿，寿比莽莽富士山。
山上青烟起，分别之时泪涟涟。
织起粗布衣，心如乱麻语何堪！

……[①]

这首古歌并非纪贯之自己所吟咏。该歌小序明言：此为《万叶集》未收的古歌，是他看到了古歌的目录而敷衍成篇，立意在于将神代以来就不断吟咏的四季、恋爱、杂事等，全都归为“物哀”。在这首长歌的目录中，在四季、恋爱与杂事之间，有“岁岁复年年，啊啊哀哀亦可怜”之句，意思是：歌中前后所吟咏的四季、恋爱、杂事等，都是不同时节的“物哀”表现，都是感叹着“あはれ、あはれ”而吟咏出来的。这首长歌将“物哀”种种品类的目录都写进去了。

《后撰集》卷十八有云：

一次在某地，门帘前闲聊，屋内传出女声，曰：

---

① 原文：“ちはやぶる　神の御代より　呉竹の　よよにもたえず　あま彦の　音羽の山の　思ひ乱れて　五月雨の　空もとどろに　さ夜ふけて　山ほととぎす　鳴くごとに　誰も寝覚めて　唐錦　立田の山の　紅葉葉を　見てのみしのぶ　神無月　時雨れ時雨れて　冬の夜の　庭もはだれに　降る雪の　なほ消かえり　年ごとに　時につけつつ　あはれてふ　ことをいひつつ　君をのみ　千代にと祝ふ　世の人の　思ひするがの　富士のねの　燃ゆる思ひも　あかずして　別るる涙　藤ごろも　織れる心も　やちくさの　言の葉ごとに。”

“啊，看起来您是颇知物哀的老翁啊！”于是返答曰：

徒叹“阿波礼”，

叹来叹去有何用？

不叹又不行。[①]

和歌出自“物哀”，那女人评论眼前那位“歌仙”，说他是“颇知物哀”的人，这很有意思。返答曰“徒叹‘阿波礼’”，正如以上所说，这是感物兴叹之词。“阿波礼、阿波礼”地一味感叹，实在没有任何用处，但是在“知物哀”而不堪的时候，却不得不如此兴叹。在这首和歌的小序中，有“看起来您是颇知物哀”一句，可知那位评论者对纪贯之很了解，而又委婉地表明“知物哀”就是会吟咏和歌。纪贯之的返答也颇合对方的话头，意思是虽然吟咏和歌，但没有什么用处，只是在不堪“物哀”的时候不得不吟咏而已。

① 这是一首和歌，出典《后撰集》卷十八，总第1272首，作者纪贯之。原文：“あはれてふ言にしるしはなれども　いはではえこそあれぬものなれ……”

《土佐日记》[1]在谈到诗歌时写道："无论是唐朝还是我国，人在思绪不堪时，都会赋诗吟歌。"又写道："回到都城，高兴之余，歌也作了很多。"是说高兴之余，情感奔放，吟咏的和歌便多。人因高兴而动情，就是物哀。《荣华物语》"楚王之梦"卷写道："歌是心情的表露。有趣之事、可喜之事、可哀之事，人在各种情境中都会吟咏。"这里将"可哀"（あはれ）析出，作为人情的一种，以上已有论及。但综括起来看，须知有趣之事、可喜之事，都属于"物哀"，和歌正是从"物哀"中产生出来的。

---

① 《土佐日记》：纪贯之的日记，写于935年，是流传下来的日本最早的日记文学作品。

第六章

古人为何在不堪『物哀』时咏歌呢

问：歌是从“知物哀”中产生，这一点已经明白了，但为什么说在不堪“物哀”之时就会咏歌呢?

答曰：不堪“物哀”的时候才会咏歌，是在接触到可以引发“物哀”之事物的时候，不懂“物哀”的人不会感受到“哀”，不能感受“哀”就不会咏歌。例如，雷电轰鸣的时候，耳朵失聪的人听不到，他就意识不到雷鸣的存在，也就不觉得可怕。所以，“知物哀”者，遇到可哀的事情即便极力平心静气，也仍然禁不住感到可哀。正如耳朵灵敏的人，听到雷鸣努力克制畏惧之心，但仍然感到可怕，是一样的道理。

当被“物哀”所打动的时候，虽然极力控制自己，但心中依然不能自已，这种情况就叫作“不堪物哀”。

在情有不堪的时候，自然就会将感情付诸言语，这样吟咏出来的词语，有了一定的节奏长度，就具备了“文”，这也就是“歌”。所谓“兴叹”“咏歌”[①]，正是如此（详后）。词语一旦有文采，一旦将声音拉长，就可以将心中郁结的感情尽情抒发出来。这并非有意为之，而是自然而然的行为。不堪物哀的时候，即使努力克制，最终还是会表达，也就像以上所引纪贯之翁所说的“不叹又不行”。所以，在情有不堪的时候，歌自然就会产生。

或问：一般而言，相比于恋情，世人最根本的愿望是追求荣华富贵，并常常达到走火入魔的程度，和歌为何不对此加以吟咏？

答曰：“情”和“欲”是有区别的。首先，人心之所想均是“情”，在所思所想中最想得到的那一部分叫作“欲”，两者互为依存。一般而论，“欲”是“情”的一种。如若加以区别，对人加以怜爱，或者对人寄予思念、担忧之类，谓之“情”。出于“情”者即涉及“欲”，而出乎于“欲”者也

---

① “兴叹”“咏歌”：原文分别为“なげく”“ながむる”。

涉及“情”，两者难以截然区分。但无论如何，歌是出乎于“情”之物。因出于“情”，则易感物兴叹，“物哀”之情尤深。至于“欲”，则是一味想要获得某物，并无细腻婉曲之感。仅仅有“欲”，则面对风花雪月、鸟木虫鱼也很难深有感动，遑论泣下。

那种获取财富的愿望就是“欲”，它与“物哀”无关，所以不能以此咏歌。“美色之情”原本也出乎“欲”，但与“情”深深相连，此事一切生物概莫能免，何况人乎？人是“知物哀”之物，对情欲刻骨铭心、不堪其苦，此外世间一切事物，都使人触而生情，于是付诸歌咏。虽说如此，关于“情”，如上文所述，及至后世，人皆以柔肠纤弱为耻，常常加以掩饰，因而看起来，“情”比“欲”为浅。不过只有和歌不失上代之心，将人心如实加以表现，也绝不以心地柔弱为耻。及至后世，欲咏出优雅美丽之歌，必得以“知物哀”为本，于是“欲”的方面似乎隐而不见，“欲”也难以付诸歌咏。

偶尔也有歌吟咏“欲”，例如《万叶集》卷三赞酒歌之类。汉诗中以“欲”为题者很多，而和歌则不喜此种题材，对此全然不感兴趣，勉强付诸歌咏也无甚可观。这是因为“欲”

是不洁之思，无关乎“物哀”之情。然而在外国却耻于表现“物哀”之情，将不洁之“欲”加以堂而皇之的表现，奈之若何？

第七章

物哀的风雅之趣

序[1]

世间学问，分门别类，不一而足。其中，以研究“神代纪”[2]为主、以“道”[3]为专门的学问，是谓“神学”，研究者称为“神道者”。也有以研究古代官职、仪式、律令等为主的学问。还有以研究故实[4]、服饰、日用器具为主的学问，叫作

---

① 本章选自《初山踏》，初山踏亦写作“宇比山踏”或“うひやまぶみ”，意为初次登山，亦即“入门”之意。副标题“学术方法论”为译者所加；“序”字及各节序号，也是译者根据原文内容层次所加。

② 神代纪：指《古事记》和《日本书纪》中的“神代”（神话时代、上古时代）部分。

③ 道：原文读作“どう”，是从中国传入的抽象概念，其语义与中国道家、儒家的“道”大致相同。但本居宣长所谓的“道”，是指日本的“古道”，即日本传统的民族精神，意即下文所说的“大和魂”。

④ 故实：主要指古代的典章制度、风俗习惯。

“有职学”[①]。此外，研究古代“六国史”[②]等其他古籍为主，兼及后世的同类书籍，不限于某一方面者，若要加以分类，也有种种不同。例如，“歌学”这种学问，其中有两个分支，一是专门研究咏歌的方法，二是对古代歌集、物语加以解释的方法。

学问研究，大致有以上种类。同时，以各自喜好的研究方法、学习方法，乃至先生所教授的方法以及各自的思考方法，也形成了种种不同的研究。有的人喜欢学问，在最初涉猎学术研究时，就有自己的想法，研究方法也是自己逐渐探索形成的。但也有人在学术研究的对象、领域方面并没有特别的见地，也没有形成自己的一套学习与研究方法，这些人常常会对有学问的人询问：“初学者应该采用怎样的方法？”“关于初学者的学习方法，应该先看什么书为好？”等。

这是完全可以理解的。对研究者而言，一开始就要对学问的门类加以正确选择，对研究方法予以正确运用，以免将来堕

---

① 有职学：“有职”是“有识”之讹。

② 六国史：日本古代六种用汉文写成的编年体正史的统称，包括《日本纪》《续日本纪》《日本后纪》《续日本后纪》《文德实录》《日本三代实录》。

《紫式部图》
土佐光起（1617—1697）

《枫短图册》

土佐光起（1617—1697）

《樱花短图册》

土佐光起（1617—1697）

《都名所之内》

长谷川贞信（1881—1963）

《云井樱》

吉田博（1876—1950）

《富岳三十六景　深川万年桥下》

葛饰北斋（1760—1849）

《富岳三十六景　神奈川冲浪里》
葛饰北斋（1760—1849）

《名所江户百景　从真崎边看水神之森内川关屋之里之图》
歌川广重（1797—1858）

《名所江户百景　上野清水堂不忍池》
歌川广重（1797—1858）

《名所江户百景　目黑太鼓桥雪景》

歌川广重（1797—1858）

《名所江户百景　千住之大桥》

歌川广重（1797—1858）

《名所江户百景　浅草田浦西之町诣》

歌川广重（1797—1858）

《富士三十六景　东都数奇屋河岸》

歌川广重（1797—1858）

川濑巴水版画

川濑巴水（1883—1957）

川濑巴水版画

川濑巴水（1883—1957）

富士山图

土屋光逸（1870—1949）

入歧途，并尽可能早出成果。任何事情如想事半功倍，就要从头计议，方可稳步登堂入室。虽然使用了同样的时间与精力，但由于研究的对象和领域不同，使用的方法不同，效果与得失也就不同。

不过对学术研究而言，不能强人所难，要他非如此不可。一般情况下，应该大胆使用自己摸索出来的方法。无论是怎样的初学者，只要是有志于学问，那都不会像学童一样幼稚无知，而是具备了相当的能力，有了自己关注的研究领域。而且，由于天生禀赋不同，有些事情擅长，有些事情则不擅长。做不擅长、不喜欢的事情，虽然付出了努力，也很难取得应有的成果。

倘若不问学问的种类、不顾研究方法的运用规律，笼统地要求别人应该如何、不应该如何，这样指导别人倒是很容易。但按这样的指导去做效果如何，或者说这样做好不好，也有待于验证。因此不能过于死板，而应该根据个人的不同情况，发挥各自的自主性。

归根结底，做学问最重要的，是要经年累月坚持不懈，刻苦努力。至于研究方法，实际上怎样都好，不可过分拘泥。

无论掌握了多好的研究方法，假如懈怠不努力，也不会取得成果。又由于个人的禀赋有所不同，其间也有很大差异。禀赋是与生俱来的，后天无法改变。不过，即便是缺乏禀赋的人，如能刻苦努力，也会取得相应的成果。入门较晚者，只要努力，也会取得出人意料的成绩。也有的人没有闲暇，却比有闲暇的人取得了更多的成绩。[①]所以，缺乏天赋者、入门较晚者、没有闲暇者，都不可放弃求学的勇气与信心。

无论如何，要意识到，只要努力都会取得成绩。而失去信心与勇气，对治学者而言，则是非常有害的。

学问之事大致如以上所言，学问的门类无所谓好坏，研究的方法也不能非此即彼。学无定法，只凭研究者之“心”即可。然而我这样说，一些初学者可能会感觉不得要领，从而对学问产生厌倦之情，并因此而懈怠，所以不得已，我还是要大体讲一讲“应该如此，不应该如此”之类的话。

但是关于做学问的指导性意见，见仁见智。你认为“我这样最好”，也会有人认为这样不好，因而不能过于僵硬。我的意见，只是为那些愿意听我话的人而讲。

以上谈到学问有不同的方向与领域，任何领域都有必要加

① 当时日本许多研究学问的人都不是专职，而是业余爱好，故如此言。

以研究与探索，对所有方面的知识，都应该加以学习掌握。不过，凭一人一生有限的时间和精力，不可能对所有方面都做深入探讨，必须确定主攻对象，并对此加以深入研究。从一开始就要立大志，并付出不断的努力。而对于其他的相关对象，也要在力所能及的范围内加以涉猎。

所谓应该主攻的学问是什么呢？那就是关于“道”的学问。这个“道”就是天照大神之“道”，是天皇统治天下的根本原理，是达于四海万国的真正的“道”。这个“道”只由日本一国传承下来，要问这个“道”是怎样的“道”？可以说，此“道”由《古事记》和《日本书纪》加以记述，包含着神代的种种事情。要了解此“道”，就要对两书的神代卷反复加以研读。

初学者应该将我写的《神代正语》一书读几十遍，以掌握古代日语的基本语调；还要将我写的《直毘灵》[①]《玉矛百首》[②]

① 《直毘灵》：本居宣长《古事记》研究的小册子，成书于明和八年（1771）。“直毘灵”是《古事记》中攘除灾祸的神，作者以此为书名，寓意在研究中要排除“汉意”之祸。

② 《玉矛百首》：本居宣长编辑的体现“大和魂”的日本古代和歌百首合集，刊本一册，成书于天明七年（1787）。

《玉匣》[①]《葛花》[②]等著作，与《古事记》《日本书纪》同时阅读。这样，庶几可以对《古事记》与《日本书纪》中所记述的历史事实中所包含的“道”，大致有所了解。

而且，尽早地阅读上述的书籍，可以牢固确立大和魂[③]，以防堕入“汉意”[④]之中。要想研究日本之“道”，首先就要将“汉意”即儒教的思考方法，从内心深处清除干净，从而牢固确立大和魂。对此，务必要有深刻的认识。

为了更好地理解“道”，在《古事记》与《日本书纪》二书中，要先读《古事记》。在读《日本书纪》时要加以充分的注意。如果望文生义，就会对古人之心产生误解，并堕入“汉意”之中。

---

① 《玉匣》：又作《玉栉笥》。匣或栉笥，是盛化妆品的小匣子。刊本二册，是献给幕府的政治建言书，主要阐述日本的古道的本义。成书于天明六年（1786），刊行于宽政元年（1789）。

② 《葛花》：本居宣长著的与儒学派学者论战的著作，意在反拨儒学家市川匡麻吕对《直毘灵》的批判。“葛花”是一种解酒的草药，以此指市川等儒学家都中了“汉意”的毒酒之毒，需要解毒。刊本二册，成书于安永九年（1780）。

③ 大和魂：是本居宣长在本书中提出的关键词，意即日本之魂、日本民族精神。

④ 汉意：指中国思想文化，与“大和魂”相对而言。

其次是《古语拾遗》[1]，此书稍晚出，但对《古事记》与《日本书纪》的阅读理解会有诸多的帮助，还是早读为好。《万叶集》虽是古代歌集，但对于了解“道”也是必不可少的读物，应该认真学习。关于为什么要读这些书，其理由后文还将具体阐述。总之，关于“道”的学问，大体上需要阅读上述的书籍。

《日本书纪》之后，历朝历代的书籍，也必须加以了解，包括《续日本纪》《日本后纪》《续日本后纪》《文德实录》《三代实录》。《日本书纪》及此后的这些书，合起来称为“六国史”，都是朝廷的正史，请一一加以阅读。此外，这些历史书中历代的宣命[2]中，保留着古代人的心思与语言，应予特别的注意。

再次，《延喜式》[3]《姓氏录》[4]《和名抄》[5]《贞观仪

---

① 《古语拾遗》：历史书，作者斋部广成，全一卷，成书于大同二年（807），是献给朝廷的记述古代斋部氏家族衰微的书。

② 宣命：本指天皇对臣下的诏令、诏书，后指“宣命”这一文体。

③ 《延喜式》：平安时代延喜五年（927）用汉文写成的律令书，多为律令实施细则。

④ 《姓氏录》：《新撰姓氏录》，全三十卷，桓武天皇（737—806）的皇子万多亲王编著，收录姓氏1182个。

⑤ 《和名抄》：《倭名类聚抄》，平安时代中期学者源顺（911—983）著，日本最早的分类体和汉书典。

式》[①]《出云国风土记》《释日本纪》《令》[②]《西宫记》[③]《北山抄》[④]，还有我写的《古事记传》等，都是研究古学[⑤]所需要精读的。

入门之初，要快读上述书籍并不容易。卷帙浩繁的大部头读物可放在后面阅读，先从篇幅较短的书籍开始。对《延喜式》中的祝词部分，还有神名帐[⑥]，要尽可能早地加以阅读。总体上说，这些书籍的阅读未必需要遵循一个确定的顺序，以手头所有，随便取而读之，也未尝不可。

在阅读这些书籍的时候，入门者对书中立意要全面理解，不可断章取义，要首先粗略浏览一遍，再与其他书籍做种种对

---

① 《贞观仪式》：简称《仪式》，平安时代初期的官方礼仪规范著作，全十卷，贞观十四年（872）成书，详细规定并叙述了朝廷的各种仪式典则，在此前后同类书籍大多散佚的情况下，该书更具有重要的文献价值。

② 《令》：盖指平安时代的律令书，如《养老令》。

③ 《西宫记》：平安时代公卿大臣源高明著，全二十五卷，用汉文记载了宫中礼仪与风俗。

④ 《北山抄》：平安时代藤原公任（966—1041）著，以年中行事（节日）为中心，记载宫中仪式风俗。

⑤ 古学：古学原本是江户时代反对朱子学、阳明学，主张直接研究先秦儒家典籍的一个儒学学派。同时，本居宣长等也用其来指代日本的“国学”。

⑥ 神名帐：朝廷所崇敬的“官社”（官方神社）的神名册。

照，然后再返回以前粗略读过的书。读过几遍之后，起初不明白的地方，就会渐渐有所明了。

这些书籍读上几遍之后，就会对其他书籍触类旁通，对于研究方法，也会渐渐有所自悟，而此后其他的问题，也无须一一请教先生。要随心所欲，在力所能及的范围内，大量阅读古籍及后世书籍，或者采取以重点为主的方法，涉猎不必太泛。此外，对“五十音图”[①]的利用、假名的使用方法，也要加以留意。而语句的解释则不那么重要。

与此同时，也要阅读汉籍。古代的书籍都是借用汉字汉文写成的，特别是孝德天皇、天智天皇时代[②]之后的那一段时期，一切事物及典章制度都学习中国。因而读历史书的时候，如对汉文不甚了解，那将是很成问题的。

我们阅读汉籍的时候，如果未能牢固确立大和魂，就会被华美的汉文所迷惑，因而阅读时的心理状态是很重要的。

若渐渐入门，对学问的基本情况及其门径，有了基本的了解，那就要尽早留意对古籍加以注释。古籍的注释是学术研究

---

① 五十音图：将日语中的四十七音节，按五段十行加以排列的图表。

② 孝德天皇、天智天皇时代：孝德天皇（596—654）、天智天皇（626—671），均为奈良时代的天皇。

展开的基础。

如上所述，在《古事记》与《日本书纪》之后，还要好好学习《万叶集》。自己还要学习古代和歌，并加以吟咏。一般而言，人人都应该会吟咏和歌，对于做学问的人来说，更应该学会吟和歌。不会吟和歌，对古人的精妙感受、风雅精神就难以理解。在《万叶集》的和歌中，要特别学习模仿那些率真的、高格调的、自然流畅的作品，并且和歌也要吟咏。

在和歌中，有古代风格，也有后世风格，由于时代不同而风格各有差异。毫无疑问，古学研究者首先要以学习古风为主，对于后世风格，也不能弃而不顾。然而后世风格的作品良莠不齐，优劣并存，要谨慎甄别并学习之。

至于《伊势物语》《源氏物语》及其他物语作品，也应该常常阅读。一般说来，咏和歌者应该常常阅读物语，从而理解古人的风雅之心，这对于和歌的学习当然也是必不可少的。对于以古代之“道”为宗旨的学问而言，会有很大的裨益。

一

以上提到，世间学问有种种类别。我所说的学问则是皇国之学。对此，古代只称作“学问”，指的却是汉学。所以，为了与汉学相区分，习惯上就把“关于皇国的学问”称作“和学”或“国学”。然而，这种称呼是十分不恰当的。

因为是我们本国的学问，所以“关于皇国的学问”一定要直接称为“学问”。“汉学”要与“学问”相区分，那才称为“汉学”。“和学”“国学”的称呼，在容易与汉学相混淆的场合，可以称为“皇朝学”。而勉强称作“和学”“国学”，那就是拿外国来衡量日本。只有从中国、韩国、荷兰等国的立场上，才有这样的称呼。将自己国家的事情这样来称呼，是毫无道理的。

二

学问有种种不同的方面，上文最初提到的各种自成系统的学问领域中，有一种研究律令的学问。古代日本的制度与唐代的制度相融合，产生了适应日本自身情况的制度。其中借鉴唐朝制度之处甚多，日本据此而将原有的制度进行了诸多改革。所以要研究律令，就必须具备相应的知识。

假如对这个领域的汉籍不加以很好地钻研，就不可能登堂探奥。要登堂探奥，就要在阅读汉文书籍方面付出相当的精力。要在日本方面的学问上有所造诣，也需要耗费很多的精力。这些都需要认真加以考虑。

关于官职、礼仪，日本受中国的影响也很大。但研究这方面的问题却不需要过多依赖于汉籍，这和律令的研究不同，官职的研究可以以“职员令”为基础来进行。但世间学者多数以《职原抄》[①]为基础进行研究，而那部书主要记载的是后世的相关情况。朝廷的种种法规，随着时代推移也不断有所变化，所以还应该从源头上加以探讨与研究。

关于官职沿革的书籍，后世的著作有很多，关于礼仪的研究，《贞观仪式》和弘仁的《内里式》[②]等较为古老。此外，研究者使用较多的是《江家次第》[③]。但这部书的内容与古代不同之处甚多，这一点与《贞观仪式》两相比较就会知晓。晚近出

---

① 《职原抄》：北畠亲房（1293—1354）著，是日本最早的制度史研究著作，对日本历代官职沿革进行了系统的研究。

② 《内里式》：嵯峨天皇时代（9世纪上半期）藤原冬嗣等奉诏编纂的宫廷礼仪方面的著作。

③ 《江家次第》：大江匡房（1041—1111）奉关白二条师通之命编纂的朝廷法度、礼仪、惯例等方面的著作。

版的《礼仪类典》[①]一书是一部好书，但篇幅巨大，通读不易。

关于服饰、日用器物，世间一般对平安朝以后研究得较为细致，能够上溯到上古时代的研究者不多。关于服饰、器物的研究成果很多，但今后应该从古代的相关典籍着手进行研究。所谓古代的相关典籍，首先是《延喜式》。此外，《西宫记》与《北山抄》二书的内容不限于服饰、器物，对律令、官职、礼仪等各方面都有涉及，记载了朝廷的种种事情，是研究者必读之书。

以上所说的种种学问，以及上古时代的情况，在“六国史”中都有详尽的记载，应该好好加以参考。平安朝以后的事情，各家都有相关的研究著作，也值得参考。

关于和歌的学习研究，后文还将论及。从前所谓“四道”学问，涉及各种方面，都属于汉学的系统，不在我所论述的范围内。所谓“四道”，就是“纪传”[②]“明经”[③]“明法”“算

---

① 《礼仪类典》：德川光圀（1628—1700）编纂的关于朝廷礼仪风俗、节日祭日之类的书。

② 纪传：日本传统学术及学术教育中最重要的科目，“大学四科”之首。主要是修习《史记》《汉书》《后汉书》，后又加上了《文选》。

③ 明经：日本传统的“大学四科”之一，主要修习《左传》《毛诗》《周礼》《周易》《尚书》以及《论语》《孝经》等。

道”。其中有所谓“明法道”，属于研究律令的学问，与上述的律令之学相同，但从前是对现实问题的研究，而不像现在这样仅仅是文献学的研究。

对于外国的学问，包括儒学、佛学等各种学问，因为都是别国的事情，在此不遑论及。我认为，与其将精力用来研究外国的问题，不如用来研究本国的问题。至于本国的事情与外国的事情孰优孰劣，暂且不论，但埋头于外国的事情，对本国的事情却懵懂无知，岂不令人羞耻吗？

所谓立志高远，是说做学问要从一开始便立下远大志向，下决心对疑难问题进行深入彻底的研究。假如志向不大，学问就很难进步，也容易怠惰。

对于我们为什么主要研究以“道”为主的学问，其理由不遑详述。简单说来，就是我们对于人间之“道”究竟是什么不能无知。当然对不做学问者又另当别论，对于有志于学问的人，就要为“道”的探求而努力。假如对于“道”漠不关心，视为无关紧要之事，那就脱离了学术研究的宗旨。

对于“道”的探寻者来说，天地宇宙中，生在这个将“道”最完美地传承下来的日本国，是幸福中的幸福。意识到这一点，对于为什么要研究我们的皇国之道，就无须多言了。

这个“道”，为《古事记》与《日本纪》二书所记载，包含在二书关于神代的种种记载中。不过，它们不像儒教、佛家的书籍那样，将何为“道”做了如此这般的明确阐述，所以，以儒家、佛家的眼光来看，日本的“道”究竟是什么，似乎难以理解、难以把握。因此之故，自古以来的学者就不去把握、不去理解，或者以佛教之意、儒教之意加以理解。

其中，以前对皇国之道的言说，大多是依傍于佛教的，因此一百五六十年以来，许多学者意识到那些依傍于佛教的学说都是错误的，从而将佛教之意加以清除。然而，却又有许多人陷入了儒教藩篱，晚近的各种各样的神道学者都是如此。

这当中又有不同宗派，虽然各自有所差别，但基本上大同小异。他们的研究以“神代纪”为主，包括其他各种神道典籍，但总体上都以阴阳、八卦、五行等中国式的思维方式加以理解，与日本古代精神不相符合，而阐发的内容也都是儒家的，只是名称叫神道而已。

世间的一帮儒者，听了这些神道学家的学说，便认为所谓神道不过是“近世制造出来的”，并加以轻蔑，他们的嗤笑是有原因的。可笑的是，他们自己并没有意识到自己同样也是错误的。

如此说来，那些人以为“神道”与“儒道”是一回事，所以就借儒道来阐发神道。他们说：“从神道中不能引出佛来。”以此终究不能领悟皇国之道的基本精神。同样地，那些以佛道阐发神道的人就会说：所谓神道，并不在佛道之外，两者相同。这些都是陷入了各自的“道”的藩篱。

神道与儒教的思想有很多差异，绝没有相同之处，而晚近的神道学者却对神道持有上述的观点。他们就像汉学家中的宋学[1]一派。看上去他们是在聚精会神、心无旁骛地探究“道”，实则是在研究汉学，根本不去探求日本古代的独特精神。他们所持有的思想观念，统统都是儒学的，所以研究得越深，离日本的“道”越远。

而站在佛教立场的人则认为，日本古代的礼仪风俗，与佛家的礼仪风俗十分相似，并不是日本古代固有的东西。而晚近受儒学影响的神道学家们，一方面认为“这就是神道的礼仪”，但同时又声称丧葬之礼、祭礼以及其他一些风俗礼仪，与世间一般的

① 宋学：中国宋代的儒学，又称程朱学、朱子学，对日本儒学有着很大影响。

风俗礼仪有所不同，属于另外一种礼仪。它们大多是在吸收儒教的基础上形成的，并不是纯粹的日本古代的礼仪文化。

总体上看，日本古代的万事万物都仰慕汉风，并根据汉风来改造原有的东西。因而古代的礼仪消失了，许多东西失传了，详细具体的东西难以确知，实在可悲可叹。只有在偏远的乡间，还残留着一些可以认为是古代礼仪的东西，但那也掺杂了佛家的习俗。纯粹完整保留下来的极为罕见。

所谓“道”，是统治者施行的东西，对被统治者来说，只有统治者在世间施行的东西才是道，道不是随便被制定出来的。那些神学家所谓的神道礼仪，与世间所施行者并不相同。有些东西即便与古代的礼仪相一致，也是现代人随意所为。“道”本是天皇统治天下的正大光明之道，而将一己之私有、个人褊狭之说、巫觋式的勾当，或离奇古怪的行为都称之为“神道”，是非常可耻可悲的。

一切被统治者，无论善恶好坏，都按照所处时代统治者所制定的法度行事，这就是日本古代之“道”的精神。

因为对“道”持有这样的理解，我在自己家里，无论是祭祖还是供佛，还是施舍僧侣，一切都按祖辈传下来的规矩行事，与普通世间人家没有不同，唯有更加勤勉不懈而已。

学者的责任就在于探明“道”，而不是自己随意行“道”。所以应该尽可能阐明古代之道，即便是五百年一千年之后，时来运转，能有统治者加以采用，于天下政事有所裨益，则也应翘首以待。此为宣长之所望焉。

三

在关于神代的书籍中，坊间的各种注释书甚多，而对于初学者，我却要他们放下这些书而先读我写的书。这看似有点自大，但这样做是有理由的。

理由是，已有的相关注释著作很多。首先，《释日本纪》对“道”的意义未能加以探究与阐释，虽然该书也有自己的独到见解，但也有大量似是而非的浅薄之见。而此后形形色色的著作、注释书等，都囿于佛教与儒教之意，无视日本古意，反而对“道”造成了遮蔽与妨害。因此可以说，迄今为止，可看的好书一本也没有。初学者如果只看《古事记》与《日本书纪》二书，无论怎样用功，要理解“道”恐怕都不容易。

我的老师县居大人[1]敏锐地意识到世间学者受“汉意”所熏染，以其循循善诱，将我引向研究古学之路。但先生主要研究《万叶集》[2]，对于“道”的研究未尽周详，有时虽有所论及，但并没有加以专门的研究，涉及面也不够宽广。

对于“道”的研究，先生还不够充分，所以在这方面除了我的论著之外的必读书，此世并不存在。所以，虽有不谦之嫌，但我还是建议将我的《古事记传》与古书一同列举出来。或许有人指责这样做是自我炫耀，但倘若忌惮别人说坏话，而将自己对“道”的研究秘而不宣，那就是对初学者的不诚实。至于说坏话的人，就由他们说吧。

四

我所说的要清除“汉意”即儒教之意，并不是偏激走极端，无缘无故地憎恶“汉意”，而是有充分理由的。

理由是，古代的“道”意义不甚明确，许多人都对此有误

① 县居大人：指贺茂真渊（1697—1769）。

② 贺茂真渊的主要代表作是其巨著《万叶集考》，全十四卷九册。

解，究竟是什么原因？我认为还是因为被“汉意”迷了心窍，被“汉意”所妨害。这是上千年来人们心中的沉疴，难以完全彻底地加以清除。近年来，也听说有人意识到了儒教熏染的危害，并试图加以清理，但即便是这样的人，仍然不能从“汉意”中完全自拔，最终也往往堕入“汉意”。

因此之故我才强调：要正确地理解“道”，首先就需要将“汉意”彻底加以清除。如果不彻底加以清除，则难以理解“道”。初学者首先要从心中彻底清除“汉意”，而牢牢确立大和魂，就如武士奔赴战场前，首先要抖擞精神、全副武装一样。如果没有确立这样坚定的大和魂，那么读《古事记》与《日本书纪》时就如临阵而不戴盔披甲，仓促应战，必为敌人所伤，必定堕入“汉意”。

我主张理解“道”并要先读《古事记》。反映古代精神的《旧事记》《古事记》《日本书纪》，并称为“三种基本读物”。而其中一般学者所研读的主要是《日本书纪》，其次是《旧事记》。《旧事记》是圣德太子所编纂，用了《旧事记》，则《古事记》不太被重视，对此高度重视并充分利用者甚少。

到了近世，才有人意识到《旧事记》不是真正的原典，而是后世人所编选。如今已经没有人看重《旧事记》了，而能对《古事记》的重要价值有所认识的人越来越多起来，这都是因为我的恩师贺茂真渊大人的提倡，为学问的研究开辟了广阔的道路。

《古事记》中几乎不夹杂汉文修饰，完全使用古代流传下来的语言，文章也相当本色，对于了解古代社会的情况，该书无与伦比。而且关于神代的记载也比《日本书纪》更为翔实，是理解皇国之道的第一古典。学习古代史的人，要将《古事记》作为重要的典籍加以研读。

鉴于此，我从三十岁开始，用了三十多年的时间，殚精竭虑，写成了《古事记传》四十四卷，可作为古代史学习研究的参考书。

或许有人会问：《古事记》既然是如实记载古老故事传说的读物，那么文章为何是用汉字写成的呢？原因是截至奈良时代，日本的假名文字尚未创立，所有的书籍都用汉字写成。文字及其书写都源自中国，传到我国后，最初在使用方法上模仿中国，可是日本与中国的言语毕竟不同，无奈当时假名文字未创立，所以依照起初的习惯，悉用汉文书写。

假名文字是在“いろは”等假名创制以后才使用的。假名

在平安王朝之后才创制出来，所以此前的书籍文章一律用汉字书写。这是古代的通例，并非像后世这样因为喜欢才使用汉文写书。

和歌尤其讲究音律，不能有一个字的差错，所以古代文献记录和歌时特别使用了假名，但也都是用汉字代替的。[①]祝词、宣命等文体，也特别讲究语言的准确与文采，不能使用汉文风格，并且有着自己的特殊表现方法。[②]

及至后世，片假名、平假名创制之后，可以使用日本的独特语言自由地书写表达，而不必像古代那样非用汉字书写不可。有了方便的书写方式而不采用，当然是很愚蠢的。

对上述情况不了解的人，看到古老的典籍都是汉语写成的，就认为现代仍是用汉语写作最好。不过，各色人等的记录本，还有日常文书、书信等，仍然习惯于使用汉文，人们将这类文字称为“男文字”“男文”，将“いろは”假名文字称作“女文字”“假字文”“女文”。男子遵从古代习惯，女子则

---

① 这里指的是所谓“真假名”，亦称“万叶假名”，即不取汉字的字义，只用汉字作为符号来标记日本固有的发音。《万叶集》原本全部用此种方式写成，后来在学者的不断训解中，用假名将有关汉字加以替换。

② 即所谓“宣命体”，被认为是“和汉混淆体”的源头。

以方便为佳而多使用假名文字，所以才有了这样的名称。

五

我说过，对《日本纪》的阅读，有些事情有必要高度注意。《日本纪》是朝廷编定的正史，各朝代的种种事情都有记载，历代学者都以此书为主要阅读书目。

《古事记》在写法上虽十分雅正流丽，但从神武天皇之后的各朝代，记述较为简略。范围不广、叙述不详。相比之下，《日本书纪》的记述范围广泛而又翔实，作为珍贵的历史材料，堪称无与伦比。假如没有这部书，对于古代的许多事情后人则无从知晓。然而，《日本书纪》的汉文润色很多，一开始读的时候就要注意。世间的神学者对此却浑然不觉，只是望文生义，对汉文润色的地方，就喜爱并重视之，给予特别的注意，所做的解释，也都落入汉文的思路，于是对古意大有违背。对此，我在《古事记传》第一卷中做过大致的分析。此外，我还写了《神代纪之涡山阴》[①]这本书，请加以参考阅读。

---

① 《神代纪之涡山阴》：原文《神代纪の渦の山陰》。

我在上文中所说的“六国史”，其中有一部是《日本后纪》，不知什么原因散佚不传。现有的二十卷不完整。最近，一个叫鸭祐之[①]的人，将《类聚国史》[②]作为主干部分，再加上一些可靠的古代史料，编写出了《日本逸史》四十卷。此书作为《日本后纪》的替代书还是可靠的。

《类聚国史》是菅原道真所编著，将《六国史》的史料加以分门别类编排。《三代实录》之后，可靠的历史书就没有了。所以，欲知宇多天皇[③]之后的历史事件，只有翻阅其他相关的书籍。那些书籍也属国史，数量众多。晚近水户[④]的《大日本史》[⑤]从神武天皇写起，写到后小松天皇让位于后龟山天皇，是一部很好的著作。

---

① 鸭祐之：江户时代中期的学者、神社神官。

②《类聚国史》：敕撰史书，菅原道真（845—903）等编撰。

③ 宇多天皇：887—897年在位。

④ 水户：指当时的水户藩。

⑤《大日本史》：水户藩的德川光圀主持撰写的纪传体国史，用汉文体写成，以此书为中心形成了“水户学”学派，对明治维新前的勤皇思想有很大影响。

六

关于上文所提到的历代宣命，要说明的是，《日本纪》中所记载的历代天皇的诏书都以汉文写成，而《续日本纪》以后的历史书所记载的朝廷诏令，都用我国语言写成。为了与前者相区分，称为“宣命”。

《续日本纪》中的记载，因时代古远，所以古词很多，此后的历史书古词逐渐减少，汉语词增多。要特别注意的是，不仅是在“宣命”中而且在所有文献中，是如何摆脱中国影响的。这些书有助于我们对古代的理解。

上文提到的《释日本纪》是后世人所撰写，一些观点显得幼稚，但它引述了许多散佚不传的古代文献，所以非常珍贵、非常重要。

各地方的《风土记》大都散佚不传，但其中有一部分材料在仙觉[①]的《万叶集》的注释中有所保留，这对古代历史文化的

---

① 仙觉（1203—？）：天台宗僧人，镰仓时代研究《万叶集》的学者，著有《万叶集注释》，对《万叶集》的释义做出了重大贡献。

研究十分有用。此外，古代的私记[①]大都散佚，但《释日本纪》中对此多有引述。私记总体上幼稚，但因其古老，其中也有不少地方值得参考。

以“六国史”为主的历史书籍，无论是木版本或是抄写本，都有许多错误和脱漏，应该找到最古旧的版本加以校勘。但古本入手很难，可以从别人那里借来校注本，在此基础上对错误之处一一加以校订。

顺便说一下，现在好古的人越来越多，人们都喜欢珍贵的古籍，有一些埋没世间的古籍陆续重见天日。但这些文献是原典还是伪书，若不能加以辨别，则很容易上当。此时应予注意。所以在初学时，不必刻意去寻求那些珍稀的文献书籍。

七

说到《古事记传》，这是我自己写的书，我把它同宝贵的古代经典相提并论，似乎过于自负了。但如上所说，除了我的这部著作之外，对古代加以翔实研究、对古学的精神加以深入

① 私记：个人记录，包括日记、笔记等。

阐发的书，殆无所见。所以，入门时要将我的这部书与《古事记》及《日本书纪》联系在一起加以研读。《古事记传》卷数很多，要依次翻阅。

对研究古学的人，要认识到古学研究作为一门学问，不能为后世学者的一些言论所禁锢。对于任何问题都要从古籍出发，追根溯源。这门学问是从晚近开始的，契冲先生的研究虽然主要限于和歌，但在研究方法上具有开拓性，可以说他是古学的鼻祖。

稍后，羽仓大人即荷田春满[①]，不仅研究和歌，而且涉及一切古籍，并且确立了基本的研究方法。我的老师贺茂真渊就学于荷田先生，继承了他的学术思想，下关东、迁江户，及至壮年而学有所成，并将此学问播撒全国。他对奈良朝之后为数众多的古代典籍及所记载的各个领域，加以翔实精致的研究，搞清了许多问题。对于古学研究，厥功甚伟。

八

以上说到初学时不可寻章摘句、断章取义，是说文章的

① 荷田春满（1669—1736）：江户时代中期国学家，对贺茂真渊、本居宣长等后来的国学家影响甚大。

意思不好理解时，如果一字一句地索解，就会产生滞涩而不连贯。暂时不明白的地方，可以先跳过去。特别是对于公认为难解的段落或句子，如果试图首先弄懂，那将会事倍功半。对于已经有明确理解的段落，要加以深入体会。假如认为“这是众所周知的事情”而马马虎虎一带而过，就不能有深刻的理解与发现。许多误解，是因为那些误解一直没有被发现和澄清。

对于其他事情，在此不必一一论及。我就此写了一首和歌，顺便记在下面，可供赏玩：

> 既然见晨曦，
> 眼前道路已清晰，
> 手中灯火有何益？[①]

所谓广采博识，就是要广泛阅读。但是，不能因为只看个别重要的书会不知不觉被其蒙蔽，就以为阅读面越广越好。同

① 原文：“とる手火も今はなにせむ夜は明てほがらがらと道見えてゆくを。”

样的识见与精力，放在重要书籍的阅读上或许更好。

对相关的各方面都有广泛的关心，有时候会相得益彰，有时候则会互相妨碍。对此要认真加以分别。

说到“五十音图”的使用方法，主要是指“假名反切”法[1]，发音的纵横通用[2]、词汇发音的延长与缩短等，这些对于古代词语的解释都是必要的，必须从最初就加以注意。所谓“假名用法”是指古代而言，近世歌人的假名用法是从平安时代传承下来的，并不适合于古代文献。

九

上文所说的关于词语的解释不是特别必要，指的是对各种各样的词汇做词源上的孤立解释。例如，“天”这个词本来是怎么回事，“地”又是怎么回事等之类。这类问题是任何一个学者都首先想知道的，但实际上对此不必太过在意。没有形成好的想法，大致是对研究对象没有理解，但有些词语纵然不明

---

① “假名反切”法：原文作“仮名反”，指用汉字读音的反切方法，将日语假名的音节加以拼合，如将“にある”读作“なる”。

② 纵横通用：指五十音图在音韵与句法功能方面上下左右相关相通。

白，也无关紧要，明白了也没有多大用处。

而对各种词语在各自不同语境中的意思，则有必要加以认真探究。如果对词语的语用不甚了解，那就不会很好地把握那段文章的意思。而自己在写文章的时候，也会将该词用错。

当今研究古学的人却只关注于一些词汇的孤立的解释，对于词汇的使用方法却马马虎虎，以致对古籍有所误解，自己写的和歌与文章也是词不达意，往往出现许多莫名其妙的错误。

上文主张要同时阅读一些汉籍，读汉籍对做学问十分有用。如果能够确立大和魂不动摇，那么即便是夜以继日地读汉籍，也不必担心被其迷惑。

然而世间有一些人，心中并未牢固确立大和魂，读汉文被其文章之华美所吸引，从而削弱了大和魂。文章的体裁之美，与文章的辞藻之美是有所不同的。辞藻使用得好，读者容易接受和理解，也容易受其蛊惑。总体上看，汉文辞藻华美，用词巧妙准确，读者容易理解。即便是非学术性的、日常性的文章，也都写得华丽诱人，容易征服读者，我想汉籍大致就是这个样子。

关于古代书籍的注释，首先是阅读的问题。在轻松随便阅读的时候，无论读得多么细致，也是有限度的。自己想对古籍加以注释，以这样的态度阅读的时候，就会对书籍加以特别的注意，看得特别仔细，这样的阅读，是非常有益的。

不仅是古籍的注释，无论何事，都应该以著书立说的态度认真从事之。

要好好学习《万叶集》。《万叶集》虽是歌集，但在《古事记》和《日本纪》之外，它是理解皇国之道最有用的书。这样说也许有人感到奇怪，但我的老师真渊先生有关古代的研究，全都集中于《万叶集》。

真渊先生曾经说过："如果要了解古道，就要学习古歌，吟咏古风和歌，学习古代文章，就要精读《古事记》与《日本纪》。倘若不了解古语，就无法理解古意，不了解古意，就不能理解古道。"先生反复给我这样的教诲，这一教诲就是要人不走弯路。

因为对于人来说，语言、行为、姿态，大体上是协调一致的。例如，聪明的人，其言语、行动、姿态，都表现出聪明；愚笨的人，其言语、行动、姿态，也都表现出愚笨。再如，一个男人，他的思想、言辞、行为，都显出男子气；而女人的思想、行为、言辞，也显出女人味。各个不同的时代也是如此，在精神、言语、行为方面，古代有古代的特点，平安朝有平安朝的特点，后世的历朝历代也都各有各的面貌，各有各的言语、行为与思想，相互之间是协调一致的。

到了现代，就需要了解古人的语言、行为、精神。古人的言语，表现在歌集中；古人的行为，记载在历史中。但历史也是用语言记载的，除了语言别无其他。应该通过和歌来了解古人的精神状态。古人的言语、行为、精神及其状态是相互关联的，所以后世要探究古人的精神，了解古人的行为，窥见时代的面貌，最为可靠的途径与手段，就是研究古代的和歌。

古代之“道”也包含在《古事记》和《日本书纪》关于古代的记事中，如果对古代的言语、古代的和歌有很好的理解，那么阅读《古事记》与《日本书纪》，对古人之道自然就容易理解。所以，初学者要好好研读《神代正语》，以便熟练掌握古代语言。

《古事记》很好地使用和保留了古代语言，但毕竟使用的是汉字，所以，从有效了解古代语言这一角度来说，它不如《万叶集》。《日本书纪》则充满汉文的雕琢修饰，更不如《古事记》。

《古事记》和《日本书纪》中所收录的和歌都是古歌，对于了解古代的语言与精神，是无比珍贵的材料，可惜数量不多，要大范围考察研究古歌是远远不够的。而《万叶集》收录的和歌数量很多，全面细致地显示了古代语言的面貌，所以真渊先生教导说："要主攻《万叶集》。"

神之道与儒教、佛教之道不同，它对善恶是非丝毫不做严格的判断，显得宽松柔软，而且十分风雅，与和歌的表现方式也十分契合。

《万叶集》现有的版本错字甚多，训读的方法也有不少问题，初学者需要注意。

十

上文提出，自己要学习古歌，也要亲自吟咏。因为不论做何事，把某事作为自己的事来考虑，与作为他人的事来考虑，其思虑的深浅是有差别的。对于他人的事，无论怎样加以重视和思考，由于与自己没有直接关系，还是不能有切肤之痛。而倘若自己亲自咏歌，咏歌就成为自己的事情，就会全神贯注，就会深深体会个中三昧。所以，真渊先生教导说："要吟咏古风之歌，要学写古风的文章。"

古代文章，在《延喜式》第八卷的各种祝词、《续日本纪》的历代宣命等典籍中有所保存。在《古事记》和《日本书纪》中，也能看到一些直接用古语写成的文章。其他种种古籍中也夹杂一些古代文章，需要加以收集和整理。

《万叶集》是和歌集，和歌用语与文章用语有所不同。但如果能对和歌与文章的用语规律加以甄别，在正确理解的基础上加以使用，则和歌用语也可以用在文章中。所以，如要练习写作古文，也不能不学习《万叶集》。

此外，文章的写法、写作的态度、古体近体、历代样式等，在此不遑详加论述。大体按照理解和歌的路子加以理解即可。其中，文章种类各种不同，除词语的使用方法外，写法上也多有不同，都需要注意。所谓种类，指的是“论”“记事”或书信等。

后世以《万叶集》歌风为宗旨吟咏和歌的人，是镰仓右大臣[①]，其他尚无所闻。在我老师真渊先生倡导之后，世间吟咏“万叶歌风”的人多了起来。但人们吟咏此种和歌的目的，未必是为了探究古代之“道”，大多数人仅仅是出于趣味爱好，其趣味与近世歌人一样，在以吟咏出优秀作品为目的这一点上，与近世歌人也相同。在此，暂且不论“道”的探求，只就

① 镰仓右大臣：源实朝（1192—1219），镰仓幕府的第三代将军，也是著名歌人，著有《金槐和歌集》。

和歌本身的问题略谈一二。

一般来说，和歌固然表现自己的所思所想，但与日常表达有所不同。其语句又要富有变化，音律要美，从神代之初就已如此。对语句的音律漠不关心，只是径直表达，那只能是日常语言，不是和歌。

在语言富有变化、措辞巧妙这一点上，古代人只是按照和歌固定的音律加以吟咏，并不像后代人那样绞尽脑汁加以推敲。这样做的结果自然有好有坏，其中特别优秀的作品便流于世间、传于后世。《古事记》与《日本纪》中的和歌就属此类，两书收录的和歌都是古代和歌中特别优秀的作品。《古事记》中有不少内容只是为了收录和歌，并围绕和歌而记载了种种典故，这都是因为那些和歌特别优秀。

和歌中，从古代就有优劣之分，让人听了不由得发出感叹，让鬼神都受感动，那就是优秀作品。和歌拙劣，则不能动人，也不能感鬼神。在神代，天照大神躲在岩屋中的时候，听了天儿屋根命①的祝词而受感动，是因为那祝词的用词非常美妙。此记载可见于《日本书纪》的神代卷。

---

① 天儿屋根命：《古事记》和《日本纪》中的一个神名。

由此也可推知和歌。时代稍后，人们便刻意创作、吟咏优秀和歌，那是自然而然的事情。即便《万叶集》所收录的和歌中，也都是有意识地追求优胜，这是无可厚非的。这种作歌的态度是合情合理的。今天吟咏古风和歌的人，也应该尽可能斟词酌句，追求优美。

十一

《万叶集》中的和歌，不是优秀作品的选集，作品无论优劣一概收录，可以看出即使是古代也有不少劣作。应该辨别优劣，挑选优秀作品。

现在吟咏古风和歌的人，所吟咏的作品，特意使用那些在《万叶集》中也属生僻的奇妙之词，以此显示古风，并试图新人耳目，这是很不可取的。无论是和歌还是文章，刻意追求古风，就会生硬而令人生厌。对《万叶集》中的和歌，也应该选取那些朴素率直、音律优美的作品加以学习，而不能只追求词语的怪奇。

在和歌与文章中，同样是古风，也有时代与程度的不同，有十分古老的，也有不太古老的。词语的使用，应该与整体的风格相适应。如今的一些文章，有许多在词语的使用上与整体风格不协调。在一首和歌或一篇文章中，大量使用十分古老的词语，却又夹杂着晚近的词语，结果就会使语体显得混乱。

那些追求古风的歌人，认为后世歌人过分拘泥于规则法度，认为不太遵循规则为好，那样会显得豪迈，实际上这种和歌大多是乱来。

万叶时代虽然没有规则，却有自然而然约定俗成的法则。所以，那时的和歌并不是随意胡乱吟咏。那种认为古代和歌不拘泥于规则的看法，是完全错误的。

当今时代，既然要模仿古代和歌，就不能偏离古代和歌约定俗成的规则，否则就不是古风和歌。现在有许多人口口声声大喊“古代、古代”，但对古代和歌约定俗成的规则却没有理解，误以为古典和歌不存在可以遵循的规则。

吟咏万叶歌风是从晚近开始的，迄今还没有讲述古风和歌规则的书，所以许多人就随意吟咏。

也要吟咏长歌，因为古风长歌形式尤其优美。《古今集》中的长歌基本上都不好，其中甚至也有很差的。皇都迁往现在的京都之后，吟咏长歌者逐渐稀少，而长歌的质量也每况愈下。后来越来越少，但晚近万叶歌风兴起之后，人们又开始吟咏长歌。其中有些长歌，即使编入《万叶集》也毫不逊色，真正显示了当今时代文化的繁荣。

一切事物都可以在歌中吟咏，但后世和歌要做到这一点却是困难的，反而古风的长歌在这方面比较容易。综合考虑这些因素，应该提倡吟咏古风长歌。

十二

“后世风”[①]不可抛。在这个问题上，吟咏万叶歌风的歌人们，对后世的歌风一概否定。实际上，倘若对歌风的优劣加以认真分析比较，就会看出并非如此。只是根据某种成见，认定万事都是古代的好，而后世的东西一无可取，以此出发只能推出这样的结论。

将古代和后世的和歌优劣，从某一时代的治乱盛衰的背景出发加以解释，只能是纯理论的，是对史实不甚明了的缘故。在很古以前的和歌直抒胸臆，固然有着时代背景影响的因素，而后世歌人们都有自己特殊的姿态。即便是太平盛世的歌人，

---

① 后世风：与“古风”（《万叶集》所体现的“万叶风”）相对。本居宣长所谓的“后世风”指的是《万叶集》之后的歌风，特别是《古今集》与《新古今集》的歌风。

如果他所师从的歌风不佳，那么他的和歌也就不会好。同样地，即便是生于乱世的人，学习的是优良歌风，他的和歌也不会很坏。此外，没有必要区分男性风格、女性风格。关于歌风的强弱问题，应另文专论。①

关于古代和歌、后世和歌的优劣之分，事关重大，绝不能一概而论。一些古学研究者只从一些非本质的现象出发，未经深入思考即轻易妄断是非，这是极不严肃的。

吟咏古风和歌的人，以后世和歌为劣，理由大致有如下几点。第一，认为和歌是表现自己的所思所想，而后世的和歌，所表现的都不是真实的感情，后世和歌往往先设定一个主题①，然后吟歌，就会矫揉造作，立意与用词都莫名其妙、不可理解。这都是虚饰的，都违背了和歌的本意。

这些说法并非没有道理，但不是全面客观之论。因为，正如以上所说，和歌并不是随心所欲、径直抒情的。在词语的搭配上必须富有变化、必须保持和谐，从神代起就是如此。这样吟咏出的和歌，方能感天地动鬼神。查考《万叶集》所收录的

---

① 本居宣长在《石上私淑言》中对此有所论述。

② 在平安时代及此后的“歌合”（和歌比赛）中，往往先设定一个题目，然后围绕主题吟咏，称之为“歌题”。此处所指，似与此有关。

和歌，大多数歌人都是努力吟咏出好歌，为此而选择题材、修饰语句，并不只是直抒胸臆。只要看看古代和歌中有所谓“枕词”“序词”之类修辞方法，这个问题就会很清楚了。

枕词、序词等修辞方法，并不是直抒胸臆，而是将富有变化的语言运用于一首和歌之中。诚然，和歌是如实表达内心的，使听者听罢而深受感动，歌人自己的心也由此得到了无限的满足。为听者而吟咏和歌，是和歌创作的本意。

随着时世推移，越来越追求词语的丰富变化、追求表达技巧，这是自然而然、合乎规律的。可以说，后世的和歌中，直抒胸臆的作品，百首中难有一首，它们都是被处心积虑地创作出来的。

这种创作倾向是由什么因素决定的呢？是由时世的推移决定的。人心是和歌之本。虽说是创作，终究也是出自人的真实感情，出自古人就有的那种风雅之心。

一味厌弃后世风，只懂得歌风随时代而变化，却不知道也有亘古不变的东西。要看到，后世和歌也有与古歌完全相通的地方。

再进一步说，今人吟咏万叶风的古歌，实际上也不仅仅是在抒发自己的感情，而是对《万叶集》的模仿。

倘若说和歌“要吟咏出自己此时的真实感情”，那么现代人就须普遍吟咏当下世俗的东西，而不应该模仿古歌，模仿《万叶集》就已经不是写实了。如此，则后世歌人设立歌题、将感情加以修饰然后再加以吟咏，有何不好？

要吟咏出优秀的和歌，就要多作。而要多作，就要设立歌题。为了多多创作而设立歌题，是自然而然的事情。

“后世风”也有许多缺点，这是毋庸讳言的。然而，若专看缺点，那么古风也有缺点。故而不能对后世风一概否定。后世风中也有一些动人的优秀之作，更有古风中难以见到的风趣。

总体上说，在各种事情中，后世比古代更好的事情不乏其例，不能一味贬低后世的东西，和歌也是如此。将古代与后世做比较时，就会看到各有其优劣短长。根据我数十年的探索，认为《万叶集》中的优秀之作其风雅优美是不言而喻的，后人学习它的歌风而吟歌，虽还不够充分，但毕竟晚近以来水平逐渐有所提高、有所完善。

如今吟咏古风和歌的人，在初学时往往不加分别、漫无章法，探得门径后，才感到仅仅吟咏万叶歌风，则有很多事情难以表现，于是渐渐将后世才有的一些题材与词语杂入其中。这样，所吟咏的和歌就渐渐接近后世风格，而在这种和歌中再杂入古风的东西，那就不是后世风了，也不是《古今集》的风格了，从而自成一体。这样的事情是多见的。这都是因为倘若仅仅拘泥于古风和歌，就难以充分表达。

关于和歌不能不带有“后世风”的问题，还有另外一些理由。首先，看看《万叶集》，就会发现那些内容真诚、形式优美的作品，其相似之处很多，所表达的意思也大体相同。有的作品下句完全相同，也有不少作品整体上互相雷同。而题材怪奇的作品，多数是下品，整体不美。

不过，《万叶集》以后直到现在历经一千多年，歌人们并非死守《万叶集》的传统不加改变。若想要吟咏出优秀作品而刻意模仿《万叶集》，因没有其他题材，新的风格就不能形成。

随着时代推移，将古人吟咏过的尚未陈旧的内容加以吟咏，自然就能形成时代特色，而旧的题材也就不能不发生改变，艺术技巧上会不断细致、深化。

假如将古人吟咏的题材，按照古风加以吟咏，纵然作品水平足够，也难以打动人心。假如将古人吟咏过的尚未陈旧的题材仅仅是做表面的改变，而仍然按照古风吟咏，则必然沦为下品。

模仿《万叶集》是如此，何况吟咏现代风格的和歌又会如何？为了回答这个问题，试举一例。

古人喜欢吟咏白色衣裳，后世喜欢吟咏的，则多为红色、紫色等染制的衣裳。

白色衣裳纯洁而又美丽，而紫色的衣裳经过染制，也有其美。所以不能说唯有白色的衣裳美，而染制的衣裳都不美。只是染制的衣裳有好的，也有不好的，应该抛弃其中不好的才对。只要是染制的就一律抛弃，岂不有失偏颇吗？

用这个例子来比喻如今那些以古风和歌为尊的人，不管红的紫的有多好，只因为它们与白色不同，便一概视之为恶。

我是专门研究古代的人，而且也向弟子们授业。而我自己吟咏的和歌，不仅仅是古风，后世风的和歌也作了许多。[①]有不少人批评我在两者之间不谐调，但我自己的想法就如上文所说，认为后世的歌风不能一概抛弃。

所以，我的歌风属于古风的少，而属于后世歌风的则较多。这是因为古风的题材少而后世风格的题材较多。

---

① 本居宣长自己吟咏的和歌大多学习《新古今和歌集》，属于他所说的“后世风”。

古代的事情本来就单纯简单，随着时代进步，万事都变得复杂起来。和歌的道理也大致相同。

在同时吟咏古风和歌与后世风格和歌的过程中，我很注意将两者明确区别开来，而不是互相掺杂。

初学的弟子按照我的路子，在同时吟咏古风与后世风的时候，应该以何者为先呢？世间万事万物，首先要抓住根本，然后再延伸至末节，这是不言而喻的道理。但有些时候却相反，要先从末节开始，然后再去抓根本。仔细想来，还是应该先从后世风入手，基本掌握后再吟咏古风。

这样做的理由，简单地说就是首先要将后世风的和歌学好，对其规则要领熟稔于心，然后在吟咏古风和歌时便有了相关的知识，认真吟咏，而不失于粗率。

古风和歌因时代间隔太长，今人无论怎样用功学习，在心情上要和古人一模一样是很困难的。所吟咏的和歌，自以为是古风，实则很容易夹杂后世的词语与意义。

总体而言，无论和歌还是文章，古风与后世风之间不可能没有区别。而现代人的和歌与文章，则往往会将古代与后代相混淆。在对后世风有所掌握之际，就要明确意识到“此为后世风”，如此，则可以避免吟歌与作文中的种种错误。

后世风尚未弄懂，对古风与后世风没有辨别，却倾心于古风的和歌与文章，多数情况下就会流于后世风。

尊崇古风和歌、古风文章的人，对后世风极为厌弃，却不知自己的和歌与文章中夹杂着不少后世风的东西，这是令人奇怪的。吟咏古风和歌的人，首先应该学习后世风的和歌，这样做有益无害。

对古风与后世风的不同有了清楚的辨别理解，然后再吟咏后世风，也未尝不可。不能说这样不好，只是应避免古风与后世风的混同。

这些道理并不仅仅适用于和歌。在以探究古代之“道”为宗旨的学问中，如果缺乏这样的辨别与理解，也许就会在不知不觉间，将古意落入后世之意，乃至“汉意”之中。

古意、后世之意与“汉意”各有不同，充分理解这一点是研究古学的关键。

十三

上文提到，“后世风”的和歌中，也有种种好的和不好的作品，正如染制的衣裳，有漂亮的也有不漂亮的。后世风的和歌中，在不同的时期，也有好坏优劣之别。而其中《古今和歌集》时代久远，收录的作品都经精心挑选，劣歌很少。特别是那些“佚名”作者的作品，正如我的老师真渊先生所说，有许多是十分优秀的，而且基本上都是古歌，在《古今和歌集》中出类拔萃。

《古今和歌集》位于古风与后世风之间，其中收录的古歌都是从《万叶集》中精选出来的，能够体现《万叶集》的精华。所以，学习古风和歌的人要以《古今集》为楷模。

大体上从光孝天皇[①]、宇多天皇时代起，歌风与《万叶集》颇有不同，而接近于后世风格。因而《古今和歌集》是后世风的起点，应该以此为典范，日夜赏玩，才能牢牢把握平安朝以来和歌的基本特点。

此后的《后撰集》和《拾遗集》，和歌的编选失之于粗劣，许多和歌毫无价值可言。

历代的和歌编选，宗旨都是将优秀作品选出来，但也选了一些劣作，于是优秀的选集与恶劣的选集并存，对此详加论述需要很长篇幅，这里只能粗陈大概。从《古今集》到《新续古

① 光孝天皇（830—887）：仁明天皇皇子，五十五岁即位。

今集》之间有《新古今集》，它所编选的和歌是那个时代的优秀之作，意与词俱佳，形式整然，独具一格，此前此后的其他和歌集无以比拟。对于崇尚后世风的歌人来说，都是难得的、有吸引力的范本。

从古代至今，总体上看，和歌的鼎盛期可以说是以《古今和歌集》为标志的。另外，与《新古今和歌集》相比较，《古今和歌集》还有不尽完美之处，因而将《新古今和歌集》视为和歌鼎盛期的标志也未尝不可。

然而，崇尚古风的人们，尤其贬低《新古今和歌集》，这是强词夺理。他们看不到《新古今和歌集》的优异之处，是因为不解风雅之情。

只是《新古今和歌集》时代的歌人们过分讲究技巧，其中有些作品走向极端，失败之作表现为歌意令人费解、矫揉造作。不过，即便是这样的作品，也是言辞优美、立意巧妙，意思虽然难懂，读上去也不失兴味。这就是《新古今和歌集》的特色。

这个时代的歌人有令后人感到不可思议之处，令后人很难随意模仿。倘若勉强模仿，则不免东施效颦。初作和歌者，绝不能追慕《新古今和歌集》而过于追求技巧。

可是，假如对和歌的种类样式有了全面掌握，就不必太谨慎了，好好学习《新古今和歌集》的歌风，怎能会没有收获呢？

至于《玉叶集》与《风雅集》两个和歌集，是在为谦卿[①]歌风影响下形成的和歌集，为谦卿一派的歌风单调死板，是非常恶劣的下品，所以该派在当时就被其他流派评价为“异风”。

除了以上所说的《玉叶集》《风雅集》与《新古今和歌集》，从《千载集》到二十一代集之最后一集的《新续古今和歌集》等各种歌集，都没有特别的变化，基本上属于相同的歌风。平安朝以后和歌的基本情形就是如此。

还有一个原因，就是世间歌人都推崇藤原俊成、藤原定家的主张，即便不是他们的弟子，也都按照他们定下的规则咏歌，导致所咏和歌大致相同，虽经时代变迁而无多大变化，造成歌风一成不变。所谓二条家[②]的“正风体”[③]就是如此。在那个时期的敕撰集中，多少也有优劣高低之别，吟法有所差异，

---

① 为谦卿：京极为谦（1254—1332），政治家、歌人，奉诏主持编撰《玉叶集》（二十卷）。

② 二条家：藤原俊成、藤原定家父子及其子孙后代以二条为氏为鼻祖的和歌宗派的统称。在和歌宗派中，二条家与京极、冷泉两家鼎立。

③ 正风体：意为正确的、正宗的风体、风格。

但基本上都是相同的。

要问初学者应该以哪部歌集作为楷模，如上所说，那就应该首选《古今和歌集》，在掌握了《古今和歌集》的基础上，再选择上述的从《千载集》到《新续古今和歌集》之间的各种和歌集。除去《新古今和歌集》《玉叶集》《风雅集》三个集子之外，无论以哪个歌集做范本都可以。

不过，将以上所说的历代歌集都通读下来，对初学者来说负担过重，故建议将顿阿[①]的《草庵集》随身携带到和歌会席上，作为题咏的参考。《草庵集》是非常好的范本，很好地继承了二条家的纯正歌风，创作相当认真，歌风雅正，劣作几乎没有。

除《草庵集》外，在题咏方面，看一看《题林愚抄》[②]之类的书也不错。不过，实际咏歌的时候，常常要依赖于手头的歌集，这样一旦成为习惯就不好，应该养成不看书即可吟咏的好习惯。但要做到这一点，就需要对各种歌集广采博取，融会

---

① 顿阿：镰仓时代至南北朝时代的歌僧，俗名二阶堂贞宗，京都人，出家后师从二条家的藤原为世，是二条家歌学的中兴者，著有《愚问贤注》《井蛙抄》《草庵集》等。

②《题林愚抄》：一部专门讲授题咏的著作，成书于宽政四年（1794）。

贯通。

以下，再讲讲一般歌人所习焉不察的不良习惯，以供参考回味。

首先将歌道视为道统，因是从祖上传承下来的，就无上尊崇、严格遵循。无论是和歌创作还是关于和歌的理论主张都不加改变，对古人的和歌及家传的和歌，不加优劣判断，认为自己永远遥不可及，一味墨守成规，而对其他门派的歌人，则不予认可，也不加以注意。只将自己门派传承下来的规则视为神圣的法则，坚定不移地加以尊崇，其结果就会为前人的规则和主张所束缚。由于太拘泥于一种歌风，所咏和歌无论是词语的使用，还是整首的布局，都会落入后世风和歌的窠臼。缺点甚多、风格死板，仿佛一个人被捆住手脚而动弹不得，难看而又别扭，丝毫没有自我发挥的余地。倘若一味坚信自己的那一套就是最好的，这无疑就是顽固加愚蠢了。

这样做，是与和歌的本意相悖的，完全失去了风雅之心。对于道统传承无上尊崇，原本是佛教徒的习惯，宋儒支流也是如此。

在笃信佛教的人那里，对各自宗派鼻祖的学说，丝毫不加优劣判断，即便有缺点，也硬要说成优点。而对于不同宗派的学说，即便有可取之处也决不采纳。不仅近世的神学者、歌人如此，中世以后的各种艺道[1]也是如此，这实在是恶劣的习惯。

不管传承下来的东西多好，如其主张已经过时、技巧已经落后，那就不能继续采用。其中，在各种艺能[2]中，因其自身的艺术规律，流传下来的东西有理由加以尊重。但就学问与和歌而言，绝不因有其传承就增加其价值。

对此，我们可以看看古代歌集。这些歌集的作者，无论什么出身与传承，都可以创作出优秀作品，与其出身、传承都没有关系。所以藤原定家曾说："和歌无师。"

历代前辈所制定的法度规则中，有许多是不必遵循的。更有一些岂有此理、不足为训的内容。如果一味墨守这些法度规则，必然有损于和歌。这种情况在近世明显增多。

一般而论，歌道中的法度规则，有好坏之分，应择善而从，不能太过拘泥。而且，将古人的和歌都视为优秀之作，不加辨析，认为自己永远遥不可及，那是十分愚蠢的。

---

① 艺道：技艺与艺能之道，包括花道、香道、弓道、茶道、能乐等。

② 艺能：原文作"诸藝"，即各种艺能之道。

古歌也有许多缺点，即便十分优秀的歌人，也有不够优秀的作品。即便是柿本人麻吕、纪贯之的和歌，也应该对其优劣加以辨析，要看出他们不如自己的地方，并尝试加以种种评判。

对于和歌的优劣鉴赏，并不是可有可无之事，而是非常有益的。像有些近世歌人那样，认定自己永远不及古人，那就会丧失对古歌优劣加以评判的敏锐的鉴赏眼光，对自己作品的优劣也就丧失了判断力。似这样将自己作品的优劣判断全都交给先人去判断，岂不是很没意思吗？像近世风①的歌人们那样，学习和歌的方法如此拙劣，终其一生都不会作出好的和歌。

我曾说过，和歌不仅仅是一个实际吟咏的问题，也是一个学术问题，即以古代各种歌集为主，对有关和歌的种种著作与书籍加以研读，并做出种种解释。世间将从事这一学问研究的人与歌人相区分，称为“歌学者”。

所谓“歌学”，实则是学习吟歌的意思。为了将上述两者分开，就用“歌学者”来称呼歌的研究者。在古代，显昭法

---

① 近世风：近世风格。近世，指作者所处的17世纪初至明治维新前的江户时代。

师等歌人属于“歌学者”的系统。他的学说有许多不成熟的地方，但由于年代久远，可以采用之处也不少。但近世三百年以来，各家学说多带有近世的种种弊病，失于幼稚，实不足道。

晚近契冲先生出现后，歌学领域才豁然开朗，关于歌学的研究著作及其方法也趋于优化。

在以和歌创作为主、以歌学研究为主的两个方面中，直到现在，歌学方面有造就的人，往往在和歌创作方面乏善可陈，连上述的显昭法师也是如此。而歌学上没有造诣的人，却是创作方面的高手。专心创作与专心研究，两者必然会有不同的结果吧。虽然如此，也不能断言歌学方面有造诣的人，所吟咏的和歌就一定不好。

假如能对两个方面都有透彻的理解，那歌学怎么会吟咏不出好的和歌呢？不能咏出好的和歌，是因为对歌学认识出现了偏差。一般而论，对歌学方面有大致的了解即可，还是要以创作为主。

要在歌学方面有深入的研究，就要对有关佛教的书籍与汉籍广泛涉猎。假如没有广泛涉猎，则难有深入的研究。不过也要注意，不要为读那些无用之书而浪费过多精力。

关于物语作品也应经常阅读的问题，事涉繁杂，可参照我的著作《源氏物语玉小栉》，此不多赘。

十四

关于如何理解古人风雅之趣的问题，可以说，凡是人都应该理解风雅之趣。不解情趣，就是不知“物哀”，就是不通人情。

而要理解风雅之情，就要吟咏和歌，就要阅读物语。通过这些途径，就会理解古代人的风雅世界，这也是理解古道的必由之路。

然而，综观世间学界，在以探究“道”为主要宗旨的学者中，许多人被大道理所束缚，认为吟歌只不过是一种不太重要的消遣，歌集也没有披阅的价值，于是对古代的风雅全然不解，如此，对古代之“道”也就不可能有真正的理解。他们所理解的仅仅是表面上的神道，而对神道的内容，则从外国人的立场上加以理解与诠释，这显然不是探究古道所应有的态度与立场。

另外，那些咏歌、作文、崇尚古代的人，仅仅关心古人如何风流，却忘掉了“道”，对“道”漠不关心。万事模仿古人，穿古式衣服，用古式器具，读古书，这些都是为了满足自己的风流之心，玩物丧志。

既然是人，无论什么人，必须了解人所应该了解的“道”；无论是哪种类型的人，凡读书、做学问的人，都不应该对“道”漠不关心、对神灵的恩惠没有理解，思虑浅薄，得过且过。

既然追慕、尊崇古代，就要首先对古代的根本之“道”持有关心，并努力加以探究。如果舍本逐末，拘泥于细枝末节，那就不是真正的崇古态度。以这样的态度，即便擅长咏歌，也不过是无聊的消遣而已。

希望做学问者，对以上事宜深加领会，对于“道”千万不可马虎从事。

弟子们早就恳请我写出这样一本书，但数年来忙乱无暇，一直未能动笔。近来他们又说：既然您已经写完《古事记传》[①]，此次请您一定写出这本书。言之有理，只得

① 本居宣长在宽政十年（1798）六月完成巨著《古事记传》，接着开始撰写此篇《初山踏》。

应命。

因写作匆促，本书所述不免挂一漏万，但愿对治学者有所助益。

初次踏山道，

崎岖路遥遥，

愿做路旁一草标。[①]

本居宣长

宽政十年十月二十一日傍晚写毕

---

① 这首和歌是《初山踏》的点题之作。原文：“いかならむうひ山ぶみのあさごろも　浅きすそ野のしるべばかりも。”

附录

物哀的美学　大西克礼

“哀”的语义，其积极与消极的意味

作为美学概念的“哀”的研究出发点，首先应该在一般意义上加以探讨。由于这个概念的多义性，我们一方面要根据现有的可靠的辞书对其一般意味加以梳理，然后还要对历史上最为著名的本居宣长的观点，以及当今学者的相关研究加以考察，这似乎应该是最为便当的方法。事实上，迄今为止，日本文学及其他领域研究者已经发表了为数众多的研究成果，但我不能一一论及，只能有所省略。

首先，我们来看看大槻先生在《大言海》[①]中对“哀”的释

① 《大言海》：大槻文彦编日本国语词典，全四册，索引一册，前身为《言海》，编者去世后经相关学者整理，于1932年至1937年间陆续刊行，收词八万余，侧重于语源与出典的解释。

义。大槻先生把这个词分为三个方面加以解释，其中，作为感叹词，它“是表达喜怒哀乐等一切感动时所发出的声音”，相当于汉字的“噫”字。将这个感叹词作为名词来使用的时候，又分为两种情形：

其一，表示值得赞赏之意，即“值得赞赏的、优异的、很棒的”（あっぱれ），这相当于汉字的“优”。而具有“可爱、可疼爱”意思的动词“あはれむ”，则是对这个词的活用。

其二，感叹词“哀”以名词形式来专门表达伤感意味时，是“可怜的、令人伤心的”意思，这相当于汉字的“哀”字。而具有“觉得可怜、感到可悲”之意的动词“あはれむ”，则可以看作是对“あはれ”的一种活用。

由此可见，“あはれ”这个词是颇为多义的。大体上说，相当于汉字“优”字的，表达的是一种积极的意味；相当于汉字“哀”字的，表达的是一种消极的意味。看上去似乎是矛盾的两种意味，却同时被包含在同一个词当中了。

上述“哀”的积极的或消极的意味，明显是与客体对象的“价值”判断相关联。不过，在这种情况下思考价值判断，有一点需要特别注意，那就是价值判断绝不是单一的。首先，

"价值"这个概念本身所指何种内容便是一个问题，对此我们姑且先不讨论。我们所说的"价值判断"至少要从三种情况加以区别：

第一是作为感情主体的、对我们自身而言的价值关系。

第二是作为客体的、对他者而言的价值关系。

第三是主体和客体共同具有的价值关系。

当然，实际上这三种情况在很多时候是相互重叠着的。尽管如此，由于侧重点的不同，附着于价值判断中的我们的感情色彩也存在显著不同。例如，倘若价值判断主要是就我们自身而言的价值关系，那么它便可能带有积极的趋向、快乐的色彩、有欲求的爱或执着；相反，如果带有消极的趋向，那就会带有不快的色调，不耐烦的、厌恶的情感。当然，严格地说，这些场合的价值判断对我们自身也有两重性。有价值的东西（或者正相反的东西）会直接诉诸我们的感情，其利害得失给我们带来的感情上的效果是应该加以区别的。这种意义上的价值判断中的积极感情是欢乐，消极感情是悲哀。（不言而喻，第一种情况下的价值关系中的积极东西，在第二种情况下却能产生消极感情，反之亦然。）在第二种情况下，以及与我们自身相对的、作为客体的、第三者的价值判断中，积极或消极的关系也是间接的，客体自身的感情效果可能与我们自身的感情效果处于复杂的矛盾状态（如嫉妒心）。在以上所区分的价值判断的两种意义中，这应该主要属于第二种意义（利害得失的关系）上的。大体说来，在这个价值判断中，在积极的情况下，祝贺、庆祝之类的感情效果是主要的；而在消极的情况下，狭义上的同情、怜悯等感情则是主要的。在第三种情况下，客观的价值与主观的价值具有种种复杂的契机和复合的关系，就感情效果大体而言，其积极的方面是尊敬和感叹，其消极的方面是轻侮和藐视。

现在假如有人把“哀”中的价值内容的一部分，解释为“生命力”的话，那么在上述的价值判断中，与所谓精神价值或理想价值不同，它属于以上所划分的第二种和第三种情况，与第一种情况区别却也相当模糊，而且这样的区分也没有意义。不仅如此，实际上“哀”这个词在一般意义上包含了以上所区分的价值关系的所有方面，其积极的方面包含了“赏”“爱”“优”，在消极的方面则包含了“怜”“伤”“哀”。在我看来，我们可以不必拘泥于这种价值关系，而应该从美学的立场上对它的审美价值的意义加以分析。

在以上所区分的三种情况下的价值关系中，表达积极和消极的种种感情的“哀”都包含进去了，既包含了“赏”“爱”“优”，也包含了“怜”“伤”“哀”。不过，更精确地说，在上述所区分的第一种情况下的价值判断，即作为感情主体的、对我们自身而言的价值关系，是不包含厌恶、逃避的感情的；与此同时，对于某种客观价值的消极的东西（上述的第三种情况），如轻侮、蔑视等的感情，也不能直接体现出来。不过，词语的使用是由习惯所支配的，“哀”这个词在作为一个单纯的感叹词来使用的时候，也有表示厌恶、蔑视的例子。但是正如上引辞书所解释的那样，“哀”这个词的直接的感情内容中，是不包含厌恶或轻蔑之类的情感的。即便是面对应该厌恶、应该轻蔑的对象，也不能直接应之以厌恶、轻蔑的感情，而是与之保持距离，静静地谛观之，这是一种间接的慨叹之情，也是一种近于悲哀、怜悯的感情，这样才能与“哀”这个词产生关系。另外，“哀”包含着“爱”的意味，但这个“爱”对主体而言，应该是接近于“美”的意味的一种爱；换言之，是略带客观性的一种爱的感情，而很少带有与厌恶相对立的主观的偏爱乃至执着。

因此，就我以上所区分的价值判断的三种情况而言，第一种情况，即作为感情主体的、基于我们自身直接价值关系的消极或积极的感情，“哀”中即便是含有，也是非常淡薄的。在第三种情况下，积极的价值判断的意味，对“哀”所涉及的对象而言，是极为重要的条件；而属于消极意义的感情判断（如轻蔑等），在“哀”中也是极其淡薄的。可以说，作为第一和第二种情况下的情感价值判断的变形，是与悲哀、怜悯等感情难以区别的。

以上所做的区分清理，在语言学家看来也许都是无用的，然而对我们来说却极为重要。由于做了这些区分清理，我们可以直接引出一个结论，即在“哀”中所包含的感情内容是极其多样的，从价值判断的意义上来说，它同时包含积极和消极两个方面，但是“哀”所包含的精神态度，一般来说却是一种“静观”式的Einstellung[①]。而且这种静观的态度，常常使得“哀”的积极或消极的感情中，根本上带有一种客观而普遍的“爱”（Eros）的性质。因而可以说，“哀”这个概念既具有盖格尔[②]美学中的所谓“观照”（Betrachtung）——

① Einstellung：德语，意思是“态度”“观点”“看法”。

② 盖格尔（Geiker，1891—1952）：德国现象学社会学家、美学家。

自我与对象的距离，又有西洋美学家们常说的所谓“静观”（Contemplation），或者日语中的“咏叹”。这就意味着“哀”是一种具有积极审美意识的、普通心理学上所说的那种情感态度。

本居宣长关于“物哀”的学说

关于“哀”的问题，本居宣长做出了自己独到的研究，他的观点，对这个问题有所关心的人都很熟悉了，论述这个问题的《源氏物语玉小栉》等书也屡屡被人引用。为了便于我本人对于宣长的解释，并使自己的论旨更为彻底，就需要先将他的基本观点（紧扣其原著）稍微详细地加以了解，为此有必要对有关论点加以引述。

本居宣长在其《源氏物语玉小栉》中的第一和第二卷里，对《源氏物语》全篇的主旨做了论述。众所周知，他极力反对一直以来许多学者由于受儒教和佛教思想的影响，只在《源氏物语》中看出儒教的劝善惩恶意味或佛教的教训意图，他强调了《源氏物语》作为文学作品的审美自律性，认为表现“物哀”是贯穿该作品始终的创作宗旨和基本精神。为此，他对“物哀”这个概念做了详细的解释和说明。以下摘其大要，引述如下：

> 所谓“知物哀”，首先是对一切值得“啊哇咪”（あはれ）的事情，对所见所闻的事情都能有所感动而发出感叹，用今天的俗语来说，就是“啊”“哎呀”之类。例如，看到花月而感动，就忍不住感叹“啊，多么漂亮的花呀”“哇！多么好的月亮啊”。所谓“啊哇咪”就是“啊、哇”的重叠音，相当于把汉文中的“呜呼”读作“啊”……
>
> 在古代和歌中，使用“啊哇咪”的例子有：“啊哇咪，一棵松树！”“啊哇咪，一只鸟！”“啊哇咪，度过了几天几夜啊！”“啊哇咪，从前是有的呀！”，等等，是直接将自己的感动用“啊哇咪”这一叹词表达出来。此乃该词的原本形态。……
>
> 又，动词“感物兴叹”（あはれぶ），也是由“啊哇咪”演变形成的。《古今集·序》中有“感叹云霞之人”（霞をあはれびと）等用法。及至后世，“啊哇咪”被写

成汉字的“哀”字，令人感觉它只是“悲哀”的意思。实际上“啊哇唻”不限于悲哀，对于高兴的事情、有趣的事情、惬意的事情、可笑的事情，都可以用“啊哇唻”来表达。因而，可笑的、高兴的事都与“啊哇唻”联系在一起。无论是对可笑的事情还是对高兴的事情，都可以用“啊哇唻”来表达。不过，对于可笑的或高兴的很多事情，虽然都可以用“啊哇唻”来表达，但在种种人情中，对高兴之事、有趣之事的感触并不深刻，而对悲哀之事、忧伤之事、思恋之事的感受，却不由得刻骨铭心，于是人们便将这种刻骨铭心之感特别地称作“哀”。通常人们只将“哀”理解为悲哀，也就是出于这种心理感受。……

字典里将“感”字注释为“动也”。只要心有所动，那么无论是好事还是不好的事，都可以用“哀”加以表现，是因为“哀”最适合表达这种感受……

所谓“物哀”也是同样的意思。所谓“物”，是指谈论某事物、讲述某事物、观看某事物、欣赏某事物、忌讳某事物，等等，所指涉的范围对象很广泛。人无论对何事、遇到应该感动的事情而感动，并能理解感动之心，就是“知物哀”。而遇到应该感动的事情，却麻木不仁、心无所动，那就是“不知物哀”，是无心无肺之人。（见《增补本居宣长全集》第七卷）

以上引文中，有许多地方对于我们论题来说很值得注意。对此后文还将详细谈到，这里首先需要稍加提示的，就是最后一段提出的“物哀”一词。本居宣长对此的解释是：“遇到应该感动的事情而感动，并能理解感动之心。”我想这句话似乎一直没有引起人们的高度注意。从美学立场上来看，这是一句颇为重要的话。把这句话与以下将引用的本居宣长的其他论述结合起来看，其含义就更加清楚了。宣长在论述和歌的著作《石上私淑言》一书中，有一节提出的问题是“所谓‘知物哀’是什么意思”，并做了这样的回答：

《古今集·序》云：“倭歌，以人心为主，由万语千言而成。”所谓“心”，就是感知“物哀”之心。接着又云：“人生在世，诸事繁杂，心有所思，眼有所见，耳有所闻，必有所言。”所谓“心有所思”，也是指“知物哀”之心。……《真名序》所云“思虑易迁，哀乐相伴”，说的也是“知物哀”。

之所以将这些话解释为“知物哀”之意，是因为世间一切众生都有“情”。……人类为万物灵长，心地聪慧，思虑亦深。而且人的生活远比禽兽复杂，经历的各种事物也多，所思所想也多。所以，歌对于人而言不可或缺。

为什么人的思想复杂深刻呢？就因为人能够感知“物哀”。诸事繁杂，每每有所经历，则情有所动。情有所动，或欢乐或悲哀，或气恼或喜悦，或轻松愉快，或恐惧担忧，或爱或恨，或喜或憎，体验各有不同。这皆因“知物哀”而心有所动。

……倘若对于事情的本质没有理解，就没有高兴或者悲哀，心就无所寄托。心无所寄托，就不能咏歌。

……其中对于事物的辨别与认识，有程度深浅之别。禽兽浅薄，与人相比近于懵懂不辨，而人则优于其他众生，知事物之“心”，并感知“物哀”。人也有深浅之差。与深知“物哀”的人相比，也有人近乎完全不知“物哀”，其间差别甚大，通常不知“物哀”者为多。当然并非绝对不知，只是深浅有别……

我在上文谈到《源氏物语玉小栉》的时候，曾提醒读者注意其中的“能理解感动之心”这句话，在以上引述的《石上私淑言》中，又有“知物之心”一句，由此可以看出宣长对这个问题是着重加以强调的。

此外，相同的观点，在比《源氏物语玉小栉》写得更早的《紫文要领》中早有论述，其中也有对“物哀”加以界定的地方，其观点根本上没有改变，只是在《源氏物语玉小栉》中，将“知物之心”与“知物哀”更加紧密地结合在一起加以论述，更加强调“哀”中的知性的、客观的因素，我想这一点是值得我们特别注意的。因为在《源氏物语玉小栉》和《石上私淑言》中，我提醒读者注意的思想原型，已经在《紫文要领》中清楚地呈现了出来，由此我们才能对他的真意加以充分地理解。而我在上文中之所以强调“美学的视角”，其理由也就于此。例如，宣长在该书中写道：“对某种并非恒久的器物，也认真制作、观察它，这就是知物之心、知物之哀的一种表现。任何事情都是如此。遇到可笑的事情、不好的事情，能看出其不好之处，就是知物之心，就是知物之哀。”又说：“知物之心就是知物哀。日常生活中熟识世间之事物、能够很好地应对各种事情，也同样是知物哀。”还说：“男女之间互相恋慕，就是知物之心、知物哀。无论何事，能从中看出美好，就是知物哀。能很好地体察男人女人之心，当然就是知物哀。物语中有许多类似的描写。”

《紫文要领》中所说的“物哀”这一概念，是与“知物之心”“知物哀”联系在一起的。这与现代美学中所谓“直观”与“感动”相调和的审美意识非常接近，这一点我们可以在以下一段文字中看得更清楚——

> 《源氏物语》五十四卷的宗旨，一言以蔽之，就是“知物哀”。关于“物哀”的意味，以上各段已做出了分析说明。不妨再强调一遍：世上万事万物，形形色色，不论是目之所及，抑或耳之所闻，抑或身之所触，都收纳于心，加以体味，加以理解，这就是感知“事之心”、感知“物之心”，也就是“知物哀”。
>
> 如果再进一步加以细分，所要感知的有“物之心”和“事之心”。对于不同类型的“物”与“事”的感知，就是“物哀”。例如，看见异常美丽的樱花开放，觉得美丽，这就是知物之心。知道樱花之美，从而心生感动，心花怒放，这就是“物哀”。（《石上私淑言》第272页）

虽然有些啰唆，但通过这些说明，我们便可以充分理解他的意思了。当然，其中所用的“理解”一词，对“直观”和“辨别”没有做明确区别，这也是不能苛求于他的。

上文所引述段落之后，该书还进行了细致而又冗长的解释说明，也是不能忽略的，由此可以看出其中的观点与现代美学所说的“移情”有明显接近之处。他写道：

> 看到或听到别人因亲人的不幸而悲伤，能够体会到他人的悲伤，是因为知道其悲伤所在，就是能够察知“事之心”。而体味别人的悲伤心情，自己心中也不由得有悲伤之感，就是“物哀”。当明白他人为何悲伤，而忍不住产生悲伤的感受，自然而然感而叹之，这就是人情。

这里说的就是美学中的“本来的移情”。宣长在同一部分，进一步提到了“象征的移情”问题，他写道：

> 《桐壶》卷有云：“虫声唧唧，催人泪下”；“听着风声、虫声，更令人愁肠百转”。《柏木》卷有云：“看到你，像庭院中的小树那样一无所知的样子，我更加哀

伤。”这些都是面对不同时节的景物而引起的物哀，而随着当时人心情的不同，对同一种景物的感受也有不同。

（《石上私淑言》第274页）

作为审美体验的“哀”的构造

如上所述，对“物哀”的直观与感动的感知，在某种意义上是类似于“世界苦”的哀感性的特殊审美体验，“物哀”在我们的内心深处，随时随地都会被现实世界的一切事象所唤起，它是一个沉潜于内心世界幽暗深处的东西。“物哀”具体内容即便是高兴、有趣乃至可贺、优异之事，在其积极的生活感情中，也常常隐含着深层的生命体验。这种深层生命体验的感情与表层的情调而言，必定是带上一种哀感，与在表面上浮动、摇曳的“高兴”“有趣”等积极的情感色调混合在一起，从而表现出一种不能用概念来加以界说的微妙的情趣和氛围。在平安朝时代作为审美情感的“哀”中，在表面华丽的贵族生活中，都有着这样的特殊底色和构造。这一点后文还将详加分析。

以上谈到了作为审美概念的“哀”的形成依据，但就具体的审美意识而言，无论在何种情况下，主观和客观两方面，或者说“艺术感的因素”与“自然感的因素”都是融合为一的。考察作为审美范畴的“哀”的形成过程，当然也必须考虑其审美意识中的“主观态度”问题。我上文中曾指出，宣长所说的“物哀”，其一般心理学的意味是高于一般审美意味的，接着又梳理了它发展演变为一个审美概念的大体路径。在对审美意识的主观态度本身加以探讨时，也必须考虑到与上述的路径相照应或相并行的关系。这种发展路径主要是顺着客观的方向，从特殊的心理学意味的“哀”，发展到包含着所有情感内容的、一般心理学的层面，然后更进一步发展到表达“世界苦”之体验的“哀”。在这个过程中，作为第二阶段的一般心理学意味上的“哀”，在超越了“悲哀”“伤感”“可怜”等特殊情感内容的同时，也具有了谛观和咏叹的因素，这本身已经与一般的审美意识很接近了。

在这里，我们若是再次尝试着完全站在主观主义立场上，让作为一般审美体验的“哀”所体验的“态度”，再次返回到作为特殊感情的“悲哀”“伤感”“怜悯”上去，使其与特殊的对象与情景相关联，那我们就会明白，虽然情感的对象是相同的，但实际上我们的体验已经不可能再次返回到作为特殊心理学意味的“哀”了。也就是说，这已经不是我们最初实际体验的那个“哀”了，而是在面对应该感到悲哀、同情、感伤的对象时所产生出的一种审美的快感与满足，至少这种感情会占据优势，因为这是一种特殊的体验方法，是意识的一种特殊的活动方式。这一点本质上属于我们上文所说的第三阶段的“哀”的范畴，只是在具体表现上稍有不同。正如在西洋美学中把“悲壮”“悲怆”也作为一种“特异的美”来看待，认为它同样给人以美的满足乃至快感一样，这是由审美对象的特殊性所造成的特殊复杂的审美体验。简言之，以上所说的作为一个特殊审美范畴的“哀”，其审美内涵的形成，实际上就是在这一意义上的审美快感与审美满足的一种特殊表现。

不过，我们依据这个意义上的特殊性（心理的、主观态度的特殊性），还不能充分理解作为特殊审美范畴的“哀”。诚然，在平安朝时代的文学中，有很多作为审美宾语的“哀”的用例，也都强调主观心理这个侧面。（关于这方面的用例，后文还将加以考察，这里暂且从略。但谈到这个问题时，仅仅以用例为依据是不行的，因为对于那些用例的使用者，我们无法准确揣摩他们对“哀”的审美本质如何反省。）例如，能够激起我们同情的幼小、纤弱，或者在外观上能引发我们同情的东西，我们在某种意义上会把它们作为一种审美的对象、一种能够给予我们特殊快感的审美感动的对象，在这种情况下，往往会使用“哀”这个词来表达（在接近**das Niedliched**的场合）。在这种场合中，针对的不仅仅是自然美的审美对象，也有不少是以人类生活中的创造物为对象的，但后者也更多地含有“有趣”“优”“艳”等因素。这些审美因素往往是相互混杂而生的。又如，宣长所说的“悲哀之事”“忧伤之事”与上述的场合也很吻合，假如宣长所说的“深刻的感动”必然是一种审美的满足，那么我们就可以理解为：宣长的“哀”论不单单是这个概念的一般美学意味，而是《源氏物语》等作品中作为一种特有审美情感的“哀”，亦即一种特殊的审美意味。而从这个角度来看，我们不能不遗憾地意识到，宣长的观点在美学上的论述还是不充分的。

总之，在我看来，美学意义上的“哀”，要通过两个途径来超越心理学意义上的“哀”的局限性。第一，是狭义的心理学意义上的“哀”扩大、深化到形而上学的高度，从而形成“物哀”，使“哀”成为一种表达一般审美感动的美学范畴。

第二，对于引发纯主观的、狭义的哀感乃至怜悯对象与事物，也应该由一种精神姿态来克服和超越，进而从中感到一种特殊的审美满足。实际上，这两个途径常常是合二为一的，从而产生了平安朝时期“哀”的特殊审美体验与特殊审美构造。从纯理论分析的角度来说，我还是倾向于将前者作为最为本质的途径。这是因为，作为审美范畴的“哀”，其最终的价值依据毕竟不是能以满足感和快感加以说明的。在上述的两种途径中，后者是有其界限的。倘若心理学意义上的“哀”的对象和事态过于强烈，那么就容易强化我们的消极感情，比如悲惨、哀痛等，对于大部分人来说，要产生一种审美体验是很困难的。在这样的情况下，假如不是站在西洋近代文艺史上的波德莱尔、奥斯卡·王尔德的唯美主义乃至恶魔主义那样的极为特殊的立场上，要真正贯彻这种理论是困难的。当然，在某种意义上说，平安朝文学中的“哀”在其深处，在其精神实质与世界观上，与西洋的唯美主义似乎也是有相通性的。这个问题后文还将谈及。

美与“哀”、悲哀与美的关系

以上我们从概念发生的角度，对特定的审美范畴意义上的“啊哇咪”与一般的情感表达意义上的“哀”做了考察。为了对这一考察做进一步的补充说明，现在我们改变一下角度，再谈一谈“哀”的特殊情感内容，即上述作为特殊感情之体验的“哀”“伤”“怜”与审美之间的本质内在联系。

如上所述，一般意义上的“哀”的概念有必要发展到作为审美范畴的“哀”。但是，人的悲哀、伤心等特殊的情感体验，与“美”之间有什么特殊密切的关系？这个问题我们尚未触及。如果两者之间有关联，那么究竟要如何加以说明呢？我们首先会想到，这是浪漫主义诗人常常讴歌的美与哀愁之间的特殊关联。济慈有一首题为《忧郁颂》的诗，吟咏的就是美与哀愁之间的特殊深刻关系；雪莱有一首著名的题为《致云雀》的诗，其中写道："我们最甜美的诗歌，表达的是最悲哀的思绪。"埃德加·爱伦·坡说过："哀愁在所有诗的情调中是最纯正的。"波德莱尔也说过："我发现了美的定义，我的美的定义，那就是：美当中要含有一些情热、一种哀愁，还有一种难以言喻的漠然性。"接着又说："我并非主张喜悦与美不协调，但是我要说：喜悦不过是美的最平凡的装饰物。只有忧愁才是美最好的朋友。无论在何种类型的美当中，若不含有某种程度的不幸，是不可想象的。（难道我头脑中被安上了一面魔法之镜吗？）"接下来，他得出一个结论：男性美的最完美的类型，正是弥尔顿所刻画的撒旦那样的人。

即便上述诗人的言辞中多少有些夸张和偏见的成分，作为我们一种生活感情的积极性的喜悦的体验与消极性的悲哀的体验，两相比较，后者无疑带有更多的审美价值。持有这种看法的人，或者至少在悲哀的感情内容中寄托一种特殊审美体验的人，绝不在少数。对此我们是难以否定的，但还需要根据某些事实稍做一些分析。

首先，若说悲哀带有审美的性格，那么从心理学上说它就不是一种单纯的不快之感，而是在某种意义上必然包含着快感的成分。法国著名心理学家立波特[①]在其《情感心理学》一书中，对“Plaisir de la doulenr”（快乐的痛）做了解释，又对“美的忧愁”做了论述，认为在悲哀中包含某种特殊快感，它称为“plaisir dans la douleur”（“在痛苦中快乐”，Bouillier[②]语），或者“luxury of pitty”（“憾事之乐”，Spencer[③]语），又称为“Lust am eigenen Schmerz”（“快感源于自己的痛苦”，Sydow[④]语）等。很多人都注意到这种心理现象，并意识到了它在近代人的审美意识中的重要性。像“悲哀的快感”这一心理事实，无疑是将“哀”这一特殊情感表达转换为审美体验的一种媒介条件。而从另一方面来说，这种特殊的“快感”即“美”的发生学的确认，不能仅仅止于事实性的描述，还需要更进一步追究其特殊“快感”的由来。

接下来，“哀”作为一种情感表达而转化为审美体验的第二个条件，我认为就在于客观性这一点上。“客观性”这个词

---

① 立波特（Ribote，1839—1916），法国心理学家，著有《人格障碍》《情感心理学》等。

② 原文作Boullier，或是作者拼错了。当是指M. Francisque Bouillier。

③ 或是指Herbert Spencer。

④ 或是指Eckart von Sydow。

在一些场合下可能不甚恰当，但我的意思是：对我们的意识而言，悲哀、忧愁等消极情感体验，及其反面即喜悦与欢乐等积极的情感体验，与客观性比较起来，还是客观性的因素、根本性的事实更能给我们以强烈的直接感与实在感。对这一点的感知或许与人们的人生观与世界观相联系，但若单纯从理论上而言，这种说法是可以成立的。当然，无论是喜悦还是悲哀（换言之，无论是积极的感情还是消极的感情），在所谓情绪与情趣方面，客观性的、稀薄化的场合，或者是正相反的情况，即直接的刹那的强烈感动，即Drin-Stehen im Gefühl[①]的心理状态，两者之间是没有什么区别的。然而，这种特殊情形暂且不论，在一般情况下，若对两种或者说两个方向的生活感情的本质加以思考，那么我们所体验到的两个方面似乎还是有所不同的。也就是说，我们生命的存续、成长和发展的过程中，积极的生活感情必须贯穿其中，无论是疾病还是衰老，生命过程本身都存在着生命力显而易见的消长。以健康的状态，或者以青年和壮年的时代为基准来看，疾病、衰老以及相对意义上的消极方面中必然常常伴随着悲哀和忧愁等消极感情。但这种积极

① Drin-Stehen im Gefühl：德语，意为“现场感”“临场感”。

与消极的方面，从整体上看还是以积极的方面为主导的，在生命意识中，两个方面是融为一体的，其区别也是相对的。因此，一方面，无论是病患者还是老人，在日常生活中对于生命中的消极现象并非总是特别加以强烈认知和反省；另一方面，在这个意义上占主导地位的积极的生活感情，比如兴高采烈之类的感受，除非是在死里逃生等特殊情况下，一般而言也并不是特别强烈的或者经常被感知的。喜悦之类都在潜意识中存在着，它必然与生命活动本身相伴随。我们的意识在平常状态下，对于它的感知处在一种迟钝状态。

这样看来，在人类生活的深处，积极的生活感情是经常存在着的，而我们日常生活中的喜悦或悲哀的情感体验，在根本上说是以无意识的积极的生活感情为基准的，或适应之，或昂扬之，或反拨之，或损害之，由此方能意识到某种特殊感情的存在。当然，纯粹的精神性的欢喜和忧愁并不是由这样单纯的vital[①]的关系便可以加以衡量的，但我们在这里所说的只是人类一般感情生活中的基本关系。从这个角度来看，像喜悦这样的积极感情，假如不是处于某种特殊的场合，在我们的意识中并

---

① vital：英语，意为“充满活力的”“性命攸关的”。

不能经常地很明显地体验到。因而，我们很容易常常感到，作为积极的感情动因的客观事态，在这个现实世界中似乎也并不是那么多。与此相反，悲哀愁苦等消极的情感体验，却经常不断地、敏锐地进入我们的体验，我们会很容易地感到，造成这些消极情感的客观事态，在这个世界中无处不在。若打一个很粗犷的比方来说，就像我们坐上火车，开始启动时我们会很容易明显地（或者夸张地）感受到向后的反作用力。当然，我们不能以这样单纯的道理，来为哲学中的厌世主义寻找依据。但假若这种说法在日常生活感情方面是成立的话，那么，撇开人生观问题不论，喜悦等积极的感情，与悲哀等消极的感情，对我们的体验而言就是根本不同的。积极的生活体验往往会从我们的主观状态中游离出去，相反，消极的生活感情却常常客观地冲击着我们的生活。“哀”的体验中的客观性，本质上就属于我们以上所说的消极的情感体验。

这个意义上的“客观性”，即对情感主体的游离性，使得我们在“哀”的体验中，对引发感情的所谓“事之心”“物之心”加以谛观，并因此容易达成“感动”与“直观”的融合，进而感情体验本身也容易客观化，从而采取咏叹的或者情趣性的方式。由此，“哀”作为一种特殊感情即“哀感”，就接近了“美”的体验，这是“哀”得以成为审美概念的第二个条件。

众所周知，是本居宣长将日语中“哀”一词改造为“物哀”这个词，以便概括《源氏物语》的主题感情乃至和歌的一般审美内容。对“物哀”中的“物”的解释，由于解释方法的不同而有种种不同。“哀”也常常被表述为“物哀”，这种词语搭配方式在其他词语中也常见，比如“物悲”（ものかなしき），“物忧”（ものうき），“物寂”（ものさびしき），“物凄”（ものすさまじき），“物面白”（ものおもしろき），等等。在这里，“物”（もの）作为词素似乎不太有意义。但是我们若仔细考察这些用例，就会发现“物”并不是无意义的添加词，它的作用是将某种主观的、直接的感情，间接地投射于外物，从而将气氛情趣加以客观化，至少是某种程度地加以客观化，这一点是毫无疑义的。我觉得，在表示感情的词汇前面加上“物”并使其具有客观化的意味，大都表现在生活感情的消极方面，而积极的生活感情则不会使用。比方说，在日语中，“物悲”的反义词应该是“物嬉しき”，“物忧”的反义词应该是“物楽しき”，但这样的词实际上并不存在。而“物寂しき”（寂寥）似乎也不存在“物賑やか”这样的反义词。在形容词前添加“もの”，除表示主观感情的词汇之外，也见于表现感觉性质的词汇。例如，“ものがたき”“ものやわらか”“ものしづか”“ものさわがしき”，等等。但是这些词汇就我们的主体生命而言，无所谓积极还是消极。因为所“感觉”的本来就是外在事物的一种属性。即便是一种积极的生活感情，如“高兴”“快乐”“有趣”等，也都含有一种客观化的性质，但其客观化却是直接的感情表达，与“物悲”“物哀”（もののあはれ）等表达方式并不相同，这是毋庸多言的。言语表达的形式常常会把我们的体验方法与方式无意识地表现出来，故而在日语的这些词汇表现中，似乎可以证实悲哀、忧愁等消极的情感体验所隐含的根本上的客观性。

使“哀”的哀感与美相接近的第三个条件，就是其普遍性，这与上述的客观性有着必然的联系。为方便起见，在此需要单独加以说明。可悲的事情、忧伤的事情，对我们的体验而言存在着一种特殊的客观性，这一点上文已经讲过。这种体验在我们的生命进程中几乎是一种随处可遇的宿命般的存在。而且，这种悲剧性的体验不仅仅是我们个人的，而是世界上所有人都有的普遍体验。不用说，所谓老、病、死等根本性的痛苦，与人生相伴相随，是任何人都不能逃脱的。无论在何种意义上都可以说，人生的不如意以及悲哀痛苦的体验是普遍的、无处不在的，人们随时随处都可以体验到。而对悲哀和痛苦的这种普遍性的认识，在某种意义上说是对感情本身的不快之感的缓和，或者说是对其施加的一种慰藉，从而将普遍性与个人的特殊性加以中和。实际上，在我们的直接体验中，倘若将自己所遭遇的可悲的事情，看作是世界上所有人都普遍遭遇的，这就有了一种达观，起到了慰藉的作用。这种达观多少会减轻心灵的痛苦，并能从中得到某种慰藉。但这毕竟仍然属于一种消极的意识，要把“plaisir dans la douleur”的一切都从这一点加以说明，特别是把审美的快感与满足从这一点加以说明，无疑还是远远不够的。

使“哀”的哀感与美接近的第四个条件，就是在悲哀忧愁的“哀”的体验中，由一种“精神姿态”而产生的“深刻度”（Tiefe）。在“哀”的体验中，存在着一种客观性和普遍性的谛观态度，这种态度将引导人们在人类生活的经验世界的深处进一步寻找其形而上学的根底。马克斯·舍勒（Max Scheler）在解释悲剧美“融解”的契机时曾指出：悲剧性的哀伤的根源，在于它与这个世界“存在关联”，因此，悲剧性的价值否定即“悲剧结局”，已经超越了我们的个人意志，意识到这一点，我们的心灵便得到了一种慰藉。我想，这样一种形而上学的倾向在我们的内心中无疑是存在的。以这种心态来观察世界，就会感到在人生与自然的深处，隐藏着一个巨大的“虚无”的形而上学的“深渊”（Abgrund），人间的所有悲哀、愁苦、喜悦、欢乐最终都被吸附进去，而“生命”不过是这一过程中的泡沫而已。从这一点出发更进一步看来，宗教的任务就是使人类生活态度得到根本改变，使人的精神心灵得以安定。而人在“审美的态度”中，会深深感受、体味人生与自然现象，同时依靠审美的直观，对终极的“存在根据”加以透彻感悟，这样一来，“哀”的体验就不单单是一种心理学意义上的悲哀忧愁的意味，而是发展为上述那种特殊审美概念了。悲哀愁苦的感情本身，无论如何都是一种不快之感，但一旦化为这样一种形而上学的、直观的审美情感体验，就会穿过悲哀、超越愁苦，接近“存在”的真实，并由此得到一种类似快感的精神性的满足。所谓“悲哀的快感”，特别是接近于审美状态的快感，常常就是在这个意义上的“深刻”感受的一种变形。与谢芜村有一首俳谐吟咏道：“寂寥，开心，皆在秋暮。”[①]

① 原文：“さびしさもうれしくもあり秋の暮。”

所谓“寂寥”与“douleur”[①]虽然不是完全相同的，但芜村所感受到的“开心”与上述“深刻”的体验，确实是有着密切关联的。倘若即便完全无视由此产生的特殊快感乃至满足感，却仍然会产生冯·西多（von Sydow）所说的“Lust am eigenen Schmerz”（快感源于自己的痛苦），那这恐怕就只能算是一种变态心理现象了。

① douleur：法语，意为“痛苦”“疼痛”。

美的现象学性格与哀愁

以上，我们分析了作为悲哀、忧愁这样一种特殊感情的“哀”发展为一个美学范畴的条件，对构成一般审美范畴的诸种因素做了分析。现在，我们有必要再换一个角度，考察一下审美范畴本质中的要素在何种意义上与“哀”的感情相照应；简言之，就是考察在悲哀的感情中，是否含有接近于审美的一种因子。

在这里谈到审美本质，至少要在基本的诸范畴的范围内加以考察。例如，悲剧美（悲壮美）这一特殊范畴在本质上而言含有悲哀忧伤的成分，这是不言而喻的。而在其他基本的美学范畴中，“崇高”（壮美）和“幽默”也在某种程度上含有哀愁和苦痛的因子，这也是无须多言的。至少，已有的心理学美学已经在很多场合予以证实，在这些范畴的审美体验中，某种程度的不快之感与快感形成了一种“混合感情”。但这些证实仅仅是从心理学的视角进行的，还不能直接充分地证明“哀”如何与审美的本质问题发生关联。

从存在哲学的立场上看，在美学的基本范畴“美”（das Schone）当中，正如贝克所说（对他学说的评述，详见拙著《现象学派的美学》），美的本质的存在方式与其“崩落性”或“脆弱性”（はかなさ）相关，因而，要在“美”中寻求那些与悲哀忧愁的感情相照应的因素，就要考察“美”与这种因素的关联。若从这个角度来考察，从而使“哀”作为一个派生的美学范畴得以确认，那么我们就可以判定，“哀”与基本美学范畴的归属关系主要是建立在“美”之上的。这是因为作为审美概念的“哀”毕竟是从“哀愁”的感情中转化而来的。另外，美的“脆弱性”是美自身的本质属性。在我们的体验中，“脆弱性”与“哀愁”这两个审美概念之间在美的本质上有着必然关联。不过，在这里我们不能忘记，我们所面对的问题不是这个意义上的“哀”，而是原本作为普通概念的“哀”，即“哀愁”的感情与“美”之间的关联。所以我们在考察时要注意不能混淆两者之间的界限。

所谓“脆弱性”或“崩落性”，是客观事象的性质与人们内心中的“哀”的特殊感情相结合而产生的。但尽管如此，我们却不能将“美”的本质与普通意义上的“哀”直接联系起来，因为作为“美”的存在方式的“崩落性”或“脆弱性”与我们对事物形态的“易损坏”或“易死亡”的观感并不是一回事。“美”的崩落性是我们所体验的美的“存在方式”，其性质只不过是我们对事物的现象学反省的一种反映，因而，作为对“崩落性”或“脆弱性”之反应的悲哀感情，在审美体验中并不是被直接意识到的。对于“美”本身所做出的纯粹的感情反应，无论在何种场合都带有明朗、谐调、快乐之色调的一种满足感。它只要不被转化为一种特殊的“范畴”，人们就不会在其中直接感受到悲哀、忧愁、痛苦的成分。因此，在思考作为美的“存在论”之本质的“脆弱性”时，我们还不能直接由此得出这样的结论，即作为哀感的“哀”的脆弱性存在于审美体验的感情要素中。

尽管如此，我仍然认为，随着“美”的感受性的显著发达、审美体验的进一步丰富多彩，对美的本质加以谛观的现象学的反省也自然变得敏锐起来。基于这种自然的精神倾向，一种特别的审美意识、一种特别的哀愁感情，虽不是恒常的，但往往也会在某些时代民众的生活方式中，作为“美”的一种背景乃至nimbus[①]而被敏锐地意识到。即便这种“哀愁”本身在审美体验中并没有直接浮现出来，但接下去，“美”的脆弱性作为一种特殊的氛围——或者说是在脆弱性的瞬间产生的“灭亡”感——必然地会被预感到。在这种情况下，人们对于精神世界中的这种“美”的脆弱性、崩落性的痛苦感受，必然会想方设法有意地在自己的感情上采取一种超越性的“反讽”的态度，这就是所谓“浪漫的反讽”形成的根源。对于“美”具有感受特别敏锐、特别执着追求的浪漫主义者、唯美主义者，都会最深切地体会到这种哀愁。

我认为，上述意义上的哀愁，与艺术美相比在自然美中会存在更多的体验。严格的现象学存在论意义上的崩落性与脆弱性，无论是在自然美的体验还是在艺术品的体验中，本质上都是一样的，都是对“美”的体验。实际上，在我们的日常意识中，将体验对象的“美”与对象物本身加以严格区别是很困难的，正如我们通常所使用的“艺术美”与“自然美”的概念一样，在通常的反省意识中，自然物的美与艺术品的美，这两

① nimbus：英语，意为“（圣像头上的）光轮、圣光”。

种美既是对对象物性质的区别，也是从对象物自身条件出发对各自不同的审美特性所做出的规定。一般说来，自然物的美在性质上是不稳定的、流动的，具有易变动性、易灭性。这是因为，作为审美对象的许多自然物在现实世界的存在方式与艺术品是有所不同的。就艺术品而言，它的性质是人为赋予的，有着鲜明的轮廓和边界，并能将瞬间的印象加以永恒固定。与之相对，自然物使得我们的审美态度极其不稳定，容易受到那些进入我们的意识世界的非审美要素的干扰。在这个意义上，正如古典主义的美学家所反复强调的那样，艺术美是将自然美提纯，并将自然美加以永恒化的东西。

就对自然美有着深深眷顾的我们国民而言，特别是在审美意识特别发达的平安朝时代，一定会深深地体会到伴随着“美”的那种荫翳般的哀愁氛围。这样说并不是牵强附会的臆断。从这个角度来看，在那个时代，就所有的普通日本人而言，正如“飞花落叶”这个词所形容的那样，能够在自然现象中特别敏锐地感受到的美，有许多都是带有显著的变化性和流动性的。对自然美的感受性越是发达，就越能在自然变化的微妙之处见出美来，这是毋庸多言的。

简言之，哀愁的因素或者“哀”的特殊感情，是与“美”

相生相伴并内含于其中的。它们相互作用、相互融合，使得带有平安朝时代色彩的特殊的审美范畴“哀”得以形成。

平安朝时代的生活氛围与“哀”的审美文化

“哀”之所以能够成为一个特殊的审美范畴，是否有历史文化的依据和基础呢？以下我将对这一问题加以考察。

倘若“哀”作为一种审美范畴被认可，那么它就不能像艺术史上的那些极其特殊的样式概念一样，仅仅是某个民族、某个时代的特殊产物，而必须是能够概括美的本质，至少要在理论上具备体系性和超越时空的普遍性。然而另一方面，任何一种审美意识概念又都是在一定的艺术发展过程中鲜明地呈现出来的，一定的历史文化背景是它产生和发展的基础和土壤，这两个方面是不矛盾的。在这个意义上，不可否定的是，“哀”这一特殊的、派生性的美学范畴是与日本人固有的美意识深深联系在一起的，特别是与平安时代一般意义上的精神发展史密切相关的。从这个角度出发，我们有必要对“哀”的历史文化背景加以考察，但这种考察的目的并非在于历史文化的考察本身，而是把这种考察作为我们理解“哀”之本质的必要途径，因而没有必要对平安朝的时代状况、文化样式及精神史的史实做过细的追究和叙述，而是要将最能体现“哀”的审美本质、最能代表那个时代审美本质的所谓“物语文学”作品作为材料，来把握当时人们的一般生活氛围和自然感情的特性，并与“哀”联系起来加以理解。

首先，一旦我们回顾那段历史就可以看到，一直到中世时代武士文化兴起为止，平安朝时代在政治上并没有出现足以激起国民兴奋的大事件、大战乱。当时的各种制度趋于完备，以藤原氏为中心的宫廷贵族荣华奢侈，远远超越了当时普通民众艰辛的经济生活水平，使得上层阶级统治下的贵族文化出现了高度的繁荣和成熟。这中间偶尔也有类似动乱的事件发生，宫廷中也有小小的阴谋内乱，但在总体上还是太平无事的。那些达官贵人在樱花树下春游赏花，看上去一派优哉游哉的祥和气氛。当时的这种有余裕的生活和文化繁荣，实际上仅仅限于一部分贵族特权阶层，可以说是一种社会结构上的畸形现象。同样，从人们的内在生活来看，也存在畸形现象。因为这种文化繁荣主要体现在社会生活的形式化上，即仪式、仪礼方面，偏重于感觉和情绪的生活方面，加上受佛教的影响，整个文化的基调带有女性化、老人化的性格，此乃显而易见的事实。反映当时生活的物语文学与历史文学，所记述的生活内容大多是冠、婚、丧、祭[①]之类的仪式性的东西，除此之外不过为游戏、恋爱和观赏自然之类，这种单纯和单调性不能不令令人感到惊讶。

这些文学作品的作者许多都是女性，她们喜欢描写的主要是上述事情。在当时的社会，人们公私生活的主要内容很少能够超出这个范围。神事和佛事本来是宗教仪式，当时这些宗教仪式却与人生中的冠、婚、丧、祭极为密切地结合在一起，而且从内部看来，是极其严肃、极其认真的。从当时的物语作品中可以看出，连个人的出家遁世这种行为也往往不过是填补当时空虚单调的贵族现实生活的一种手段而已，虽然有的人打着“厌离秽土、欣求净土”的旗号，但实际上只是现实世界中贵族奢侈生活的一种延续。在这种情况下，宗教的想象力往往

① 冠、婚、丧、祭：平安朝贵族仪式生活的四个主要方面，其中“冠”指成人仪式。

与审美的想象力结合在一起，是要在现实世界里制造一种超现实的理想境界（极乐净土）的代用物。对他们来说，现世实际上并非秽土，同时，他们所欣求的净土在有限的现实中尝遍之后，还希望无限地加以补充和延长。相反地，在现实生活中感受不到欢乐与幸福的人，便将其悲观的心情投影到彼岸世界中。正如《更级日记》[①]中所描写的那样："人像这样万事不如意，只能一筹莫展，彷徨四顾了。命中注定不幸，但一时难绝性命，来世恐怕也不会如意，想来真叫人惶惑不安……"

这种宗教与生活的浑融，一方面使得严肃深刻的宗教心多少带有一些浮华浅薄，同时也给宗教氛围中带来一种明朗性。另一方面，对现世幸福欢乐的满足感却常常会出现分裂，从而失去其朴素性，进而发展为一种阴郁的无常感，这是不难想象的。紫式部在其日记中对自己的这种生活感受做了敏锐的反省，她写道：

> 每当看到可喜的事情、有趣的事情，心儿总是受到

① 《更级日记》：又称《更科日记》，平安时代日记作品，作者菅原孝标之女。

吸引和感染，但也不由得生起一种忧郁倦怠感，并为此而感到苦恼。如何忘掉烦恼，去掉牵挂，反省罪过？于是吟歌。看到水鸟无忧无虑地游来游去，便吟咏一首歌，曰：

看到水鸟
在水上漂游
想起自己在世间彷徨

看到水鸟用心地在那里漂游，不由以身自况，倍感苦恼。

这一描写反映了那个时代生活气氛的本质特征，即在浮于表面的华丽、悠闲、明朗中隐藏着斩不断的哀愁。佛教的厌世观、无常观只是表面上的影响，却没有得到充分的理解。我想有必要从当时人们生活感情的深处，进一步探索佛教思想的影响渗透是如何成为可能的。

在我看来，当时的社会生活深处之所以隐含着浓郁的悲哀忧郁的气氛，其根本原因简而言之就是：一方面是异常发达的审美文化，另一方面是极其幼稚的知性文化，两者之间极不均衡、极不谐调，造成了两个方面在同一时代、同一社会中呈现出极端的跛足现象。这一点是今天我们阅读当时的物语文学、日记文学时所产生的最强烈印象。对此，我在下文中将做论述，而在此之前，有必要先将当时的审美文化本身的特性做一个简单的考察。

我说当时的审美文化是异常的发达，当然指的是特定意义上的发达，并不意味着审美文化全面的、本质的发达。同样是审美文化的发达，却并非欧洲古希腊及文艺复兴时代的那种发达。对平安朝审美文化的特性加以研究是一个饶有趣味的问题，我在这里只能是粗陈大概而已。大体上看，平安朝时代的审美文化与其说是艺术生活的发达，不如说是生活的艺术化乃至美化，即某种意义上的“美的生活”本身的发达，我认为这就是那个时代审美文化的基本特点。与其说那时的文学、音乐、舞蹈、绘画、雕刻等艺术形式通过艺术家之手取得了伟大成就（在某些方面当然也不能说没有伟大成就），不如说各种艺术形式都渗透在当时的贵族生活中，都是美化生活的手段。他们以非专家的练达，将艺术本身提升到了相当高的水准。在这个意义上，才有了审美文化的显著繁荣。因此，那个时代的审美文化并不是局限在既成的艺术样式的范围内，而是在艺术以外的世界，即自然现象及直接的社会生活中，追求一种艺术之前的艺术、艺术之前的创造。他们在严格意义上的艺术范畴之外，如各种工艺美术、园林艺术、服装色彩花纹等方面，追求审美官能上的或者较为低下的嗅觉闻香方面的满足。沿着这样一条日常生活的轨迹，他们在审美文化方面取得了令人吃惊的繁荣。此外，当时的贵族还以各种游戏活动来消除生活的无聊空虚，在这种游戏类的活动中，无论男性的动，还是女性的静，在材料、方式方法方面，都是与优美高雅的时代趣味相适应的。

想来，《源氏物语》中所表现的情绪生活中的审美理想，《枕草子》中所表现的审美直观的敏锐化，都是那个时代审美文化的产物。这些作品都是日本文学史上最优秀的纪念碑式的成果，所体现出的各自丰饶的审美趣味足令今人大为感叹。但倘若换一个角度，要问这些作品是否属于那种有着高尚的精神境界、博大精深的睿智、深刻的思想感情、富有伟大精神创造的艺术作品？要回答这个问题我们不得不有所踌躇。像《源氏物语》那样的作品在结构宏大方面是出类拔萃的，但是若从精神内涵方面来说，它在许多方面仍不能令我们满足。例如，源氏与藤壶之间的关系，实际上是一种充满罪感意识和深刻烦恼的事件，在这个问题上对源氏内心世界的描写有着更深、更大的余地，但在以“物哀”为宗旨的作品中，却没有朝着这个方向进一步开拓的可能。

这样一种审美文化，这样一种在某些方面畸形发达的时代的精神生活，大体上似乎都带有一种唯美主义的倾向。对于我们来说值得注意的是，在物语文学中出现的这种唯美主义倾向里，人物自身因袭的道德意识与来自社会惩罚之间的矛盾冲突所带来的苦恼似乎很少。众所周知，本居宣长曾经说过，源氏与藤壶虽然在道德上应该受到指责，但紫式部仍然把他们作为“好人”“优秀的人”加以充满同情的描写。宣长就是从这个事实出发，矫正了《源氏物语》评论中那些劝善惩恶论的谬见，这是非常卓越的见解。从艺术自律性的角度来看，这在今天已经完全不成问题了，紫式部本人很好地意识到了艺术创作的审美自律性，并以此写出了《源氏物语》。假如那个时代是一个道德的或道学的意识占统治地位的时代，恐怕就会对这部物语作品发起猛烈攻击，并会对作品的流传普及加以阻止和弹压吧。从这一点上可以想象，那个时代在道德方面还是非常宽容的，或者说是松弛的，而在审美方面却是异常发达的。

由于那个时代所具有的唯美主义倾向，使得人们唯美的行为难以与社会习惯、道德观念造成深刻的矛盾冲突，因而人们强烈的悲痛和忧郁就难以被激发起来，这是当时审美文化的一个值得注意的特点。比较而言，在西方近代的唯美主义和浪漫主义文学中，这种社会与个人冲突所造成的苦恼忧郁是非常强烈的，而平安朝时代精神生活的深处所流贯着的哀愁与忧郁，却是不能从这个角度加以解释的。

知性文化的缺陷，唯美主义倾向，“忧郁”的概念

平安朝时代的这种片面发达的审美文化，与知性文化比较来看，是极不谐调、不均衡的。从《源氏物语》中可以看出，当时的贵族子弟，对社会交往、出仕宫廷所必要的教育与教养相当热心，无论是源氏还是夕雾，这些人物都是作为在此方面富有才干的人加以描写的。然而这个意义上的教育与教养，其主要内容还是和汉历史、汉文学、修身道德等一般的东西。当时佛教的研究已经很盛，从中国归来的学僧在这方面都很有学养，这个高深的学问作为一种哲学被一部分人埋头钻研，但那些学者同时也是佛教徒，他们的学问实际上是远远地脱离现实的。当时佛教的礼仪乃至佛法修行都与现实生活密切相关，正因为如此，在纯学问思考的方面却与普通的社会

人群相隔绝，故而对世界与人生的根本问题做抽象的哲学思考的纯精神的倾向，在那个时代有学识的贵族中间几乎是绝无仅有的。他们的大多数即便已经出家遁世，过着吃斋念佛的生活，却仍然不能切断对眼前世俗问题的关心。从这一角度来看，在当时可以称为知性文化的东西当中，哲学思考这样一种对世界和人生的根本问题进行深刻探求的倾向，在本质上是很匮乏的。

然后就是属于知性文化范畴的自然科学，这方面不仅是日本，也是东方各国普遍存在的短处，因而不必特意将这一点作为平安时代的缺陷来看待。但我还是要说，与那个时代审美文化的片面发达相比，平安时代的人们在自然科学方面是极其幼稚的，作为人类精神的内在发展方式，这是必须加以注意的一种特异现象。

如果在平安时代的日本去寻找我们在古希腊所看到的数学、物理学等纯学术的研究，那是完全不可能的。正如我们在物语文学中所看到的那样，对于疾病这种对人生的幸福安康造成巨大威胁的现象，人们完全缺乏科学的研究和理性的应对，而是极为消极无奈地对待，物语文学在这方面给我们留下的相关印象是无论如何都难以磨灭的。

以《荣华物语》[①]为例，这部物语作品对以藤原道长为中心的藤原家族的荣华富贵做了细致的描写。正如书名所表示的那样，这本应该是一本以“荣华”为主题的风格明朗的作品，其中所描写的宫廷贵族生活，大都是我们在上文指出的那些千篇一律的冠、婚、丧、祭之类的内容，以及伴随着这些事件的情绪反应，这些我们毋庸多说。读完这部作品，无论任何人都会感受到在荣华富贵的绚烂描写之下，所隐含着的那种难以名状的阴郁、惨淡、忧愁的气氛。这些气氛究竟来自何处呢？我想任何人都会立刻找到答案。按这部作品的记述，与宫廷贵族的荣华生活形成对照的，是疫病的流行、天灾地变，尤其是火灾的频发。形成藤原道长家族飞黄腾达的要素，就是把女儿培养成皇后，以及依赖皇后所生子女（这不仅限于道长家族，其他家族也使用同样的手段）。然而由于疾病，这些子女往往不能寿终正寝，常常是夭折。再就是孩子的出生，这本来是喜庆的事情，但由于医术的不发达，孩子的出生往往是凶多吉少。而

① 《荣华物语》：又称《世继物语》，历史物语，四十卷，作者不详，成书于11世纪，是以假名所写的最古老的历史小说。该书描述了从宇多天皇到堀河天皇十五代天皇两百年间的宫廷历史，对藤原道长的描写尤为详细。

对一般的疾病，采用的则都是加持祈祷的方法，根本没有想到尝试采用合理的疗法加以治疗。所以，一旦患病，大多是不治而终，因此与疾病直接相联系的就是死亡的恐怖。

以上所说，本居宣长的著作也有相同论述，对此我们不可忽略。他在《源氏物语玉小栉》中有一段话——

或问：在《源氏物语》中，人一旦有了病，就做加持祈祷，死前死后之事也都一任和尚处理，却不用医药，岂不愚蠢吗?

答曰：这也是当时的风俗人情。见《源氏物语》中未写医药，就有人怀疑那时是否有医药，这是对古代事情的无知。我国古代的医药之事早就见诸文献典籍，如《若菜》卷中就有“医师的样子”云云，《宿木》卷有“忝列医师之中”。由此可见，当时已有医生这一行业。然而为什么不写医生治病，而一味表现祈祷驱邪的灵验呢？只相信神佛的灵验，是因为信奉神佛灵验有助于描写风俗人情，听起来也有美感。而依赖于医生，乞灵于药物，则显得过于理性，而不近人情，听起来也不风雅。东三条天皇玉体欠安的时候，也没有请医生诊疗。这一点见于《荣华物语》。……紫式部在这方面的描写非常用心，她在写“药”的时候不称“药”，而写作“御汤”，在描写患者的时候写的“御汤”实际上指的是“药”……

从宣长的论述可以看出，当时不仅是医术不发达，相信合理疗法的理性精神，对当时所有人而言都是严重欠缺的。而且也不只是个人患病的场合，即便是对洪水地震、疫病流行、火灾等事的预防也大都如此，可以想象当时的人也都是束手无策的。正如宣长所指出的那样，认为“依赖于医生、乞灵于药物”是“不风雅”的行为，这种想法在贵族社会是共通的。这种唯美主义的生活态度——特别是就女性而言——常常招致牺牲健康甚至身家性命的后果，这样的事情恐怕绝不在少数吧。

以上只是粗略而言，由此可知当时的审美文化与知性文化之间存在严重的跛行现象，其结果，就是人们在满足审美要求的绚烂精美的生活之下，又不得不随时随地地直接面对频频发生的充满血泪的人生悲惨事件。与表面上的荣华辉煌相对照的，是隐含在深处的惨淡哀愁的阴影。这样的例子无须多举，我们只要看看《荣华物语》中《玉饰》里为道长的女儿妍子送葬的描写就很清楚了——

上了御车，突然响起了一阵哭声。一品东宫的回廊卸下了隔板，能看到这场面，更令人伤心欲绝。乳母们没来，但从宫中传出的忍受不住的哭声，令人悲哀有加。女房们在平日不穿的菊花和红叶的内衣之上套上了粗布外衣，看上去越发教人觉得悲哀不祥。因为不是平日的外出，须旋即返回。那场面既哀且悲。或许因为是秋季吧，天空没有云彩，却更教人觉得非同平日。

到了晚上，是一个月明之夜，连女房们的衣裳花纹都看得清。这样的时候，凡知物哀的人，都难堪其悲。看到女房的车辇，想起了世事无常，遂咏歌曰：

身穿粗布衣，

悲伤从心内生起，

含泪别依依。

如今的鲜花，

飘然凋零落地，

令人悲戚。

自己只能这样悄悄地以歌遣怀……

在这种情况下完全可以想象得到，述说人生无常、厌离现实之类的佛教思想将会是多么让人容易接受的啊。

平安朝文学所表现的贵族的生活深处所弥漫的是一种类似“世界苦”或忧郁（Ennui）的感受与情绪。这里使用的“忧郁”一词，个人的解释会有所不同。法国心理学家塔尔迪厄（Émile Tardien）在其著作《忧郁》一书中，对这种心理状态做了精细的研究。他对“忧郁”心理的解释是：“从无意识的不开心的情绪中加以反省所造成的悲观，进而发展为苦恼，它有种种成因，主要起因于生活中显著的缓慢性。这是一种特别主观的心理，可以通过无聊、倦怠、无精打采、逆反情绪等予以确认。”对这个词的根本含义，法兰西学院的辞典中有这样的解释（大意）：

> 没有了兴趣，灵魂将厌倦不已、虚弱不堪、困顿无比。了无生气、令人生厌或过于漫长，尤其当我们都厌倦了这种救赎的精神，我们从中无法得到任何快意。——这些，指的便是忧虑、悲伤、不满和忧思。

我想，上文中所引用的《紫式部日记》中的那段话所表现的情绪，也是对这种“忧郁”最好的诠释。

在西洋，“忧郁”从一般概念进一步发展为一种概括某种时代精神的概念，即所谓“近代的忧郁”（Der moderne Ennui），并且与近代文艺中所谓“颓废派”的思潮有着深刻联系。对于这个意义上的“颓废派”即唯美主义与恶魔主义文学思潮，我国学界已经有了不少研究成果。“颓废”这个词从更广义上来看，是一种精神和文化史的现象，对此加以哲学考察的代表性成果，可以举出冯·西多的《颓废的文化》（*Die Kultur der Dekadenz*）一书。作者在这本书的开篇伊始就指出要对“颓废的文化”与“文化的颓废”加以区别，认为在颓废中，作为颓废的精神形态有其文化的特殊性，在人类文化发展史上有着积极的意义。这表明该书的主题并不仅仅是颓废文化或文化上的颓废现象本身。

接着，冯·西多首先对与“忧郁”相关的若干概念做了解释，以便对“近代的忧郁”的本质加以把握。他的结论是：“对于生的痛苦所充满的反抗意志”（Der schmerzvolle Widerwille gegen des Leben），这是最德语化的“忧郁”定义。与这个概念相关的“Schwächegefühl”和“Iangweile”等，最终都是从“忧郁”情绪中一同衍生出来的。要问“忧郁”的这种反抗和逆反是从何处产生的呢？人面对现实感到无可奈何，而又盲目地好高骛远，受到挫折后便产生了“忧郁”即逆反心理。人们常常会受到这种情绪的支配，这是对存在本身的逆反，是对所有生命的反感进而成为对自身的反抗，久而久之，这种苦恼变本加厉，就具有了进攻性，不单单是个人沉浸于悲哀失望，更进一步发展到欲对人生进行复仇。冯·西多对“忧郁”的解释就是这样。

冯·西多所强调的，就是在“忧郁”这一概念中，人们往往从被动的感情状态，发展为“发动的、反拨的”状态，这恐怕是对以波德莱尔为中心的“近代的忧郁”所做出的概括。（在波德莱尔那里，相当于“忧郁”一词的还有“spleen”。）

上文中已经说过，在平安时代的精神文化中有一种唯美主义倾向，在其生活气氛及对客观世界的感受感情中，存在着一种“忧郁”。但我们不能把这种时代精神与西洋近代的唯美主义及颓废思潮做同一观点。从上述“忧郁”概念的语义分析来看，平安朝时代生活感情中的“忧郁”是一种被动的感情，即冯·西多所说的“忧郁”中的次要因素，也就是无力感、倦怠感，可以说更接近于法语中的“忧郁”的原本语义。《源氏物语》的《夕雾》卷中有一句话是“近于物哀程度的无聊……”本居宣长在《紫文要领》上卷中说：“这就是一个年轻女子在无依无靠寂寞中，心理状态自然而然地表达。在这种时候，知物哀者所见所闻，无论是草木虫鱼，都会触动心扉。假如将这种感悟之心加以压抑，那么人心就将逐渐枯萎迟钝……”这种心理状态实际上就是“忧郁”。

如上所说，当时的贵族男女在生活总体上处于稀薄、单调、无力的状态，从这一点上看，这可以说是真正“忧郁”的生活。但另外，当时上流社会的男女恋爱在某种意义上是不检点的、自由放肆的，本居宣长试图对这一点加以辩护。但即便那是一种形式主义的习惯方式，即便并非没有拘束，但在道德的意义上说，在有教养与身份的人那里，还是有很多人在恋爱方面是放纵行事的。和泉式部①的行为在当时就已经引起过物议，而《蜻蜓日记》②的作者则因地位高贵的丈夫的所作所为而感到无尽烦恼。这种自由和放纵，因其在哲学知性上的缺陷，并不伴随内在的道德上的烦闷、怀疑与苦恼，社会上对此也相当宽容，因而当时的“忧郁”并非来源于唯美主义与社会道德规范之间的冲突，也并非是由深刻的苦恼所产生的反抗意志与

① 和泉式部：平安朝时代宫廷贵族女性，著有《和泉式部日记》。

② 《蜻蜓日记》：平安朝日记作品，作者为藤原道纲之母。

逆反情绪，即“Spleen”那样的东西。在这一点上，可以认为当时的生活感情是较为自由自在、悠然自得的。

因此，平安朝时代的“忧郁”含有一种漠然的深深的哀愁苦闷，这主要是由上述过分发达的审美文化与无力的知性文化之间奇妙的跛行性所造成的一种独特现象。最值得注意的是，平安朝时代的“忧郁”是一种被现世的、感性的、被动的、静观的乃至游戏享乐的生活感情——广义上的满足感——所包含的根本的宿命感以及无可奈何的深深的哀愁之感。《大和物语》[①]中有这样一段话：

> 在无聊的日子里，这位大臣身边有俊子，有一位相当于姐姐的年轻女子，长相像母亲，很有情趣，还有一位叫作呼子的人，也是知物哀、心地优雅。四人在一起，无话不谈，谈世间的无常，谈人世的哀愁之事。大臣吟咏一首歌：
>
> 无常互诉说，

① 《大和物语》：平安朝时代的“歌物语”（以和歌为中心演绎出的物语），作者无定说。约成书于950年至953年间。

睹物思人哀如何，

尚能见君否？

听了这首歌，大家都默默无语，嘤嘤啜泣起来……

这样一种时代的生活氛围中，可以使我们在本质上理解作为审美范畴的“哀”的含义，理解“哀”的意味是如何在文学艺术的摇篮中逐渐产生和成长起来的。

“哀”的用例研究，其意味的五个阶段

为了与我们在上文中所考察的“哀”概念内容相照应，我想，有必要再对我国文学史上的“哀”的实际用例加以研究。

作为审美概念的“哀”是从我国文学，尤其是以《源氏物语》为中心的平安朝物语文学发展而来的，因而我们应该首先对相关作品中的用例加以调查，看看古人是在何种意义上使用这个词的，这本来应该是研究“哀”这一审美概念的正确顺序。不过，“哀”这个词运用非常广泛，它几乎可以用来表示一切的感情，与一切感情内容相关联。假如只对文学作品中的用例进行归纳性研究的话，那么我们除了对纷繁复杂的意味内容加以分类之外，恐怕不可能得到更多结果了。因而我们不如放弃这一做法，而采纳本居宣长所用的那种方法，即站在特定

角度上对“哀”加以解释，并以此为出发点展开考察。当然，我们站在美学立场上对“哀”概念的考察，不能与文学作品中的具体用例产生矛盾和乖离。应谨慎指出已经被我们解释、规定、分类的“哀”概念的审美意味，在文学作品中有怎样的表现并加以检讨。

在此之前需要预先说明的是，我们在美学立场加以纯粹抽象、加以精细规定的“哀”的意味，在《源氏物语》等作品的具体使用中，未必都是明确加以体现的，当然实际上也不必做这种预先说明。因为一切美学范畴都是被理论化、纯化、尖锐化了的，即便与文艺作品中实际表现出来的具体美相照应，也不可能将它们完全覆盖。就理论与实际的关系而言，这种情况是理所当然的。在理论上加以纯化和提取的东西，实际上往往是和其他种种要素混合在一起表现出来的。而且，一般美学概念的特点及内涵都是极其微妙，难以把握，文人和诗人只是把它们作为审美宾语加以使用，不必像真正的美学范畴那样加以严密的规定，因而不能期待这种场合中的相关用例都有助于证实我们所规定的概念。

还有一点需要注意，虽然我们在这里做词语用例的检讨，但我们的研究无论如何不是语言学而是美学的，因此对用例的检讨方法也自然应该有所不同。例如，我们发现一段文章中使用了“哀”这个词，若仅仅是对使用该词的前后语境加以把握，那还是不够的，还不能达到我们的目的。原因在于“哀”这个词的含义本来就不太带感情色彩，只是从一段文章中看其含义，在逻辑上都不会看出很大的问题。因此我们需要在文章的逻辑和文法之外，从“哀”这个词所使用的实际语境本身来考察其审美内涵。总之，对我们来说，“哀”在文学上的用例不是语言学上的用例，必须从美学角度加以把握才行。

我在上文中，从一般语义中分析出了作为美学范畴的“哀”的特殊含义，又从语义分化的逻辑路径，对“哀”原本所具有的“悲哀”或“哀愁”的含义与“美”的本质相联系做了考察。现在我想再对此加以总括，对“哀”这个概念所包含的所有意味内容的发展阶段加以区分，这样就可以划分出如下五个阶段：

第一，直接表达“哀”“怜”等特殊意味的狭义的心理学含义。

第二，对这一特殊感情内容加以超越，进而用来表达一般情感体验的一般心理学上的含义。

第三，在感情感动的表达中，加入了直观和静观的知性因素，即本居宣长所说的“知物之心”和“知事之心”。心理学意义上的审美意识和审美体验的一般意味由此产生。

第四，这种业已转化的意味再次与原本的“哀愁”“怜悯”等特定情感体验的主题相结合，同时，其“静观”或“谛观”的“视野”也超出了特定对象的限制，扩大到对人生与世界之“存在”的一般意义上去，多少具有了形而上学的神秘性的宇宙感，变成了一种“世界苦”的审美体验。这样，“哀”的特殊审美内涵才得以形成。

这里我们要注意的是，上述第四个阶段的特殊审美内涵得以形成的依据，实际上主要就是对于人生与世界的一种形而上学的“精神姿态”。从实际的历史角度看，使“哀”这一特殊的审美范畴得以形成的民族与时代的特定文化语境，并没有能够让“哀”朝着有关人生观世界观的思辨性、理论性的方向发展，而只是给予直观的、感情性的自然美体验以某种微妙的影响，并使得这个概念分化出特殊的审美意味来（这一点上文已有论及，为了论述上的方便，我们使用了“形而上学”这个词，但愿不会使人产生误解，在对“哀”的文献学上的用例加以检讨的时候，对此更有必要加以注意）。为了将第四个阶段与第五个阶段加以区分，我们把这一阶段称为“哀”特殊的审美意味的分化。

第五个阶段是最后一个阶段，是“哀”作为审美范畴在意义上的完成和充实的阶段。在上一阶段，它被赋予了带有“世界苦”性质的一种形而上学的“哀愁”色彩，从而具有了自己的特质并进一步分化出来。接着，它更加发展为一个审美的范畴，将优美、艳美、婉美等种种审美要素都摄取、包容、综合和统一过来，从而形成了意义上远远超出这个概念本身特殊的、浑然一体的审美内涵。

在以上的五个阶段中，第三个阶段以后的审美意味形成阶段，在实际上是难以很明确区分的，这里勉强进行上述区分，只是为了理论论述上的方便而已。

以下，我将基于这种阶段划分，对“哀”的概念在文学作品中的实际用例加以整理。

首先，关于第一阶段特殊的心理学意义上的用例，因为可以一目了然，就不必特别加以列举了，但为了严谨起见，这里只需一两个例子。《源氏物语》的《明石》卷有一段文章就属于这个阶段上的用例。其中写道：

把久久搁置起来的琴从琴盒里取出来，凄然地弹奏起来，身边的人见状，都感到很悲哀。

这里所描写的身边的人看到源氏在须磨凄然而居的样子，感到悲哀可怜。又，《贤木》卷写到藤壶出家时的情景：

连渐渐衰老的人，要出家遁世而去，也令人感到悲哀，何况藤壶皇后，事先并没有透露一点这样的意思，突然要出家，亲王不由得放声大哭起来。……宫中皇子们，想起昔日藤壶皇后的荣华，不由得更加感到悲哀。

这两个例子都属于第一阶段上的含义。

第二阶段上，即表达一般心理学意义上的感动之情的用例极多，如《土佐日记》中有：

划船的人不知何为物之哀（物のあはれ），只管自己喝酒……

这里的“物之哀”指的是对一般意义上的事物的感动，用来形容船夫冷漠无感觉的样子。

本居宣长的“哀”概念主要是指在这个意义上的感动。在《源氏物语》中，这类用例也非常多。例如，“胸中的物之哀无以排遣，便取过一把琴，弹奏了一首珍奇的曲子，真是一场趣味无穷的夜会”（《若菜》卷上卷）。

在这里，“哀”可以表现人与人之间的亲密关系以及爱、恋等情绪，其具体含义内容也非常复杂，特别是表达爱恋的时候，必须同时考虑它与第三阶段含义的联系，但无论如何，它所表达的核心感情，如狭义上的怜悯、广义上的同情，都是包含在第二阶段的“哀”之内的。本居宣长在论述“物哀”的时候，引用了藤原俊成的一首歌：“若没有恋爱，人就没有心魂，物哀从恋爱生起”，认为“若没有恋爱，就很难理解‘物哀’”。因而我们才把这个意义上的“哀”作为心理学意义上的一般感动的表达。这个意义上的“哀”在《源氏物语》等作品中出现最多，也就不足为怪了。

《徒然草》中有一段文字写道：“……问‘有人在吗’？若回答说：‘一个人也不在’，这是极其不知物哀的。有心而无情最为可怕。须知万事都有哀。”又，《源氏物语》的《贤木》卷有：“‘あはれ’（阿哇咊）就在此刻吗？于是想起了野宫的‘あはれ’（可怜）。”这句话中的第一个“あはれ”

表达的是一般的感动，相当于第二阶段上的语义；第二个“あはれ”是狭义的心理学上的含义，相当于第一阶段上的语义。

“哀”在第二阶段和第三阶段含义之间的关系是极为紧密的。内容上未经特殊化的一般情感体验，在感动的方式上要与某种对象的直观相结合，方可满足一般美学意味的心理条件。因而若要将它理解为本居宣长所说的“物哀”的意思，那么在很多情况下就需要将通常的“人情”和审美意识同时包含进去，尤其是与恋爱那样的复杂感情相关联的时候，“哀”第二语义和第三语义实际上是很难区别开来的。不过，另外，若要查考第三阶段即一般美学意味的“哀”的用例，就会发现在很多情况下，它与优、丽、婉、艳这样一般的“das Schöne”内容也是几乎难以区分的。这一层面上的“哀”的用例在《源氏物语》等物语文学中出现很多，甚至令人感到“哀”全部的审美内容在第三阶段都已经道尽了。

例如，《源氏物语》的《蝴蝶》卷有一句话：“从南边的山前吹来的风，吹到跟前，花瓶中的樱花稍有凌乱。天空晴朗，彩云升起，看去是那样的哀而艳。”在《航标》卷有：“头发梳理得十分可爱，就像画中人一般的哀美。”《浮舟》卷有：“景色艳且哀，到了深夜，露水的香气传来，简直无可言喻。”《藤里叶》卷中写头中将与夕雾两人一起欣赏藤花，说了这样的话：“正当惜花送春之时，这藤花独姗姗来迟，一直开到夏天，不由令人心中生起无限之哀。”《桥姬》卷在形容琴声美妙的时候，也使用了“哀”这个宾语：“筝琴声声，听上去哀而婉美。”

总之，在这些用例中，主要都是用来形容“美”的，而几乎没有包含悲哀、忧愁等特殊感情。我们在这个意义上把“哀”看作是审美概念，但这还只是一般意义上的审美概念，并没有充分发展到特殊美学意味的阶段。

作为特殊审美意味的“哀”的用例

以上划分出来的第四阶段的“哀”的意味，即特殊的审美意味，作为美的宾语与第三阶段的意味实际上是很难区别的。但若将以下用例与上述用例加以比较，自然能够看出其间的区别。

上文在讲到第一阶段的“哀”的用例的时候，曾举出了《源氏物语》的《贤木》卷描写藤壶出家的一段文字，在同一卷中还有一段描写藤壶出家后的心情：“转过年来，听到宫内传来的热闹的宴会歌舞声，颇有哀感。她一边走着，一边总是想着来世之事。”这段文字表面上只是写藤壶出家为尼后的心境，但这样的“心境”包含着对人生与自然之美的静观，因此自然具有了我们所区分的第四阶段的“哀”的意味。

在《葵上》卷中描写了葵上的葬礼，其中所出现的“哀”概念，在一些场合明显是基于第一阶段语义，即狭义的“悲哀”而使用的。但其中也包含着第四阶段的语义要素。例如：

八月二十日过后，残月当空，空中颇有哀色。大臣在归途中思念亡女，心情郁结，满面愁苦。源氏见状，越发悲伤，遥望太空，吟咏道：

青烟升碧天
从此分天上人间
云端生哀怜

参照以上概念上的界定与说明，这里的“哀”显然属于第四阶段的语义。在很多场合下，形成第四阶段“哀”的内涵，较之狭义的“美”及“优”“丽”“艳”等诉诸感性直观的具体现象来看，多数情况下是表现自然的推移变化、季节性的风物情趣以及无边无际的天空景色之类。概言之，正因为其对象轮廓不太清晰、难以切实地加以把握，所以需要依靠我们的审美直观的发散性，使审美意识朝向一种神秘的宇宙感延伸。如此，上文所说的“世界苦”那样的意识就有可能与“哀”的特殊美学意味结合起来。

以上《贤木》卷的用例还没有充分表现出上述意蕴，但下面要引用的《木槿》卷[1]中的一段文字，可以将“哀”的这个阶段的语义更清楚地呈现出来。这是源氏对别人说的一段话，甚有美学意味。

> 随着时序推移，人心也在变化。比起鲜花盛开、红叶绚烂的时节，冬夜那皎洁的月光映照地上的白雪，天空呈现一种奇怪的透明色，更能沁入身心，令人想起天外的世界。这种情趣、这种哀美是无与伦比的。说这种景色“可怕”，那是一种肤浅之见。

最后一句话，似乎是针对清少纳言的《枕草子》中“最可怕的是老女人在腊月的月夜化妆”这句话而言的。其实，腊月寒空的洁白月光映照在化妆的老女人脸上也有一种美感，这是把月亮作为特定的审美对象所体验到的清冷月光所具有的美感。相比于清少纳言的感性的审美态度，源氏那段话中所表现

---

① 《木槿》卷，一作《朝颜》即“牵牛花”，《源氏物语》第二十卷。

出的审美的静观态度则要深刻得多。

与此相似的“哀”的用法还有《源氏物语》的《总角》卷的一段：

> 此日天空阴沉，飞雪蔽空。中纳言终日怅惘沉思。不被喜爱的腊月的月亮出来了，人们卷帘遥望。靠在枕头上，聆听山寺中传来的钟声，宣告“今日已过”，即咏歌一首：
>
> 此生太无常。
>
> 此世不可住，
>
> 欲随月亮下西土。

这段话中并没有使用“哀”这个词，但从整体上所表达的还是第四阶段的“哀”的意味。

源氏所说的寒冬的月亮“沁入身心”的感觉，后世俳人几董有一首俳谐：“寒冬的枯树林，月光渗透骨髓。”松尾芭蕉《鹿岛纪行》也有如下一段文字使用了“哀”：“……达到鹿岛，听说山脚下根本寺前有一和尚，离群索居在此，于是寻去。和尚诵经，发人深思，心情仿佛为之清净。东方破晓，和尚叫醒了我们，人们也都起身。月光、雨声，此情此景，令哀感充满胸中，无可言喻。”

歌人西行对此种“哀”也甚有体验，并有鲜明生动的描写，那首《鸟立泽》就对“哀”的含义做了很好的表现。此外他还有一些和歌，如“秋日山村中，风摇树梢动，枝枝含物哀”（《山家集》）、“山间风雨骤，暮雨催人哀”（《新古今集》）等句中的“哀”都是这个意思。这些作品并非像藤原俊成的和歌那样由恋爱描写而表现“物哀”，而是由自然风物而感知“哀”，这就要求达到另一个高度，即对于人生与世界有深深的谛观之心。源信明在《后撰集》中有一首歌云：“知物哀者有慧眼，月夜与花同时观。”据说歌人今川了俊在读了藤原为秀的歌“愿得知物哀（あはれ知る）者做知音，独在秋夜听雨声”之后，深受感动，而做了为秀的弟子。

上述“哀”的第三阶段意味与这里所说的第四阶段意味，在审美内容上既有关联，也有区别。为了说明这个问题，以下列举四首和歌，加以比较后会有更加明确的认识：

比起颜色来，
香味更可哀，

何人衣袖触庭梅。

（《新古今集》，作者佚名）

一见梅花即可哀，

色与香相宜，

折取一枝来。

（《古今集》，作者：素性法师）

秋风送秋色，

沁人心脾，

令人生哀。

（《词花集》，作者：和泉式部）

黄昏秋风起，

胡枝子花飘下来，

人人观之知物哀（あはれ知れ）。

（《山家集》，作者：西行）

从以上四首和歌中，恐怕谁都可以看出，前面两首的“あはれ”只是指一般意义上的感性之美而言，后两首则是指特殊意义上的美。

以上列举的例子，是在我所能了解的范围内，对比较明显地表现出“哀”第四阶段含义的相关例子做了选择性的列举。此外还有一些例子不好明确分类，但也基本上属于此类。例如，在《源氏物语》中，写熏大将对死于宇治的大君念念不忘，终日郁郁寡欢，有一天睡前，不经意地走到名叫按察君的侍女房间过了一夜，凌晨很早就起床了，按察君很生气地赋了一首和歌，熏大将以一首歌答曰：“关川水面看似浅，实则有深渊，水流永不断。”然后打开窗户对她说道：“其实我是要你起来看看这天空景色，有如此美景，怎么可以不看呢？我并不是要模仿风流人物，只是因为近来总是失眠，倍感长夜难晓，思量今世后世，更觉天空充满哀感。”（《宿木》卷）在这里，把诱人的拂晓天空景色说成是“哀”，指的也是一种特别的美。

鸭长明在《无名抄》中谈到“幽玄体”的和歌时，以秋日天空景色作比，写道：“例如秋季傍晚的天空，无声无息，不知何故你会若有所思，不由得潸然泪下。”这里诱发潸然泪下之情绪的便是“哀”的秋空吧。

同样地，《源氏物语》的《铃虫》卷写了源氏的一句话：“夜晚赏月，总是充满物哀之情，今宵月色清新，令人有置身世外之感，万千思绪涌上心头……”这句话中似乎有白乐天的著名诗句“三五夜中新月色，二千里外古人心”的痕迹。（上文引用的《木槿》卷关于冬夜的那句话，也令人想起白乐天的这首诗。）这里所谓“有置身世外之感”，也许主要是指日本国土之外的意思，但从此句上来看，在对秋月“哀”之美的深切感怀中，显然包含了一种悠久性、无限性的体验。无论白乐天那首诗的意味如何，在源氏对月夜的“哀”的体验中，在熏大将所说的“思量今世后世，更觉天空充满哀感”那句话中，可以说都包含了自身仿佛“置身世外”的体验。

以上有关天空之“哀”的用例，《源氏物语》中还有许多。如：

太空景色实在可哀，霞光映照在每个熟悉的人脸上……（《做蕨》卷）

可哀的黄昏，很是潮湿，水汽很重，宰相看着熙熙攘攘的人群。（《藤里叶》卷）

到了秋天，空中景色令人哀。（《手习》卷）

黄昏的风声令人哀，并教人思绪绵绵。（同上）

山间的秋天，夜阑更深，使人产生思绪万千，不胜其哀。（同上）

《源氏物语》之外也有不少这样的例子，不妨略加引用。例如：

> 月光清泠，浮云静静地并不飘动，皇后更有物哀之思，取过琴，信手弹拨起来。（《滨松中纳言物语》）
>
> ……已经是秋天的景色了，更呈现出哀之色，千草之花绚烂开放，万紫千红，使人深有哀感。（同上）
>
> 想如此度过这一夜。推开窗户，但见天空月亮西斜，云气霭然，旷远无极，钟声响，鸟啼鸣，不由使人想到此等景色，将来可有否？衣袖上都染上了哀色，遂吟歌：见此弯月者不唯我，残月不常有，使人生哀感。（《和泉式部日记》）
>
> 看上去黑云蔽月，要下雨的样子，似乎是老天故意制造出哀的样子来吧，本来纷乱的心情便更为惆怅了。（同上）

上文引用了西行的和歌，他在《山家集》中还有“清澈月光下，虫声枯哑，原野荒草平添哀色”“花朵上的露珠，映照着枯野的月亮，哀美哉”“踏上旅程时，回首望都城，月光催人哀”“都城之月，催人哀，更增无限寂寥”等和歌。不论是在都城赏玩的月光之美，还是普通意义上的美，当在旅途漂泊中感受到月光沁入灵魂深处时，我认为已经很接近第四阶段的“あはれ”之美了。同样地，在《山家集》中还有一首和歌，题记是“参拜途中，月亮更红，令人倍感哀美”，歌曰：“结伴旅途中，月亮时隐时现，何其哀哉！”所表现的是西行投身大自然的怀抱流浪漂泊，灵魂与空中之月结伴而行的感受。

关于情趣象征问题

以上列举分析了“哀”第四阶段上的用例，下面我们有必要再谈一下有关“哀”的“情趣象征”（或称“气氛象征”）问题。

把“哀”作为一种气氛情趣来看的话，以上引述的许多用例可以说明，其主观情调是象征性地投影于自然现象的。利普斯和福凯特把这种情况称为“情趣象征的感情移入”，或者简言之就是“象征的移情”，对此学习美学的人都是很熟悉的了。即便不使用这样的术语，我国的本居宣长也曾站在主观主义的立场上谈到这个问题。在《源氏物语玉小栉》中，他写道：“心有所思的时候，就会觉得空中景色、花草树木都变得若有所思。”并举例加以说明。在《紫文要领》中，他写道：

“所谓四季景物、草木虫鱼都‘知物哀’……是说随着心情的变化，对同一事物的感觉也有变化。悲伤时所见所闻都是悲伤，开心时所见所闻都有趣，若是无心，对所见所闻之事物，也就没有悲伤或开心的色彩了。虽是同一个人，其心情也是在不断变化的。”

倘若将美学建立在心理学的基础上，把“哀”的问题单纯地作为一个主观心理问题来解释的话，我们所说的第四阶段“哀”的特殊意味，也就必须从“情趣象征”的角度加以说明。这是关乎美学本身的根本立场问题，因而我们不能赞同仅仅从主观心理角度对特殊的审美价值做出说明，我们也不满足于上述本居宣长式的解释。不过，在这里，我们还是有必要把“哀”的问题特别孤立出来加以考察，对其“情趣象征”做进一步细致的分析。天空之色、草木虫鱼之景如何能够引发“哀”之情？其中有怎样的心理过程？依我之见，有必要至少将三个相互关联的因素加以区别。

第一是生理学—心理学的因素。主要是反映—刺激之间的关系。就是一定的自然现象通过我们的感觉器官，在与我们进行精神交流的第一阶段上，引发各种各样的感性的刺激，即色、音、香、温度、触觉及有机感觉等，并直接造成我们主观感情上的反应。其强度和性质极其复杂多样，且反映极其直接，我们对其反映过程并不能一一产生明确认识，而是直接与对象化的直觉融为一体，这就形成了所谓“情趣象征”的构成因素。比如，我们面对蔚蓝的天空或灰蒙蒙的天空，其视觉刺激会直接作用于我们的情绪。尤其是在色彩感和音质感的场合，都有联想之类的高级、复杂的精神因素的参与。这种直接反应的因素往往不太显著，但在空气的触感、温度感及季节感方面，表现得较为明显。萧瑟的秋风、凉爽的晚风在身体上的反应，是产生“哀”之审美感不可或缺的辅助条件。歌人西行站在鸟立泽的时候，秋日黄昏空气的凉爽感，作为一种无意识的生理与心理的因素，一定会作用于他的主观心理。上文所引和泉式部的日记中的“心乱如麻，更觉得寒意袭人”一句便能说明这一点。当然，我们并不认为克劳斯[①]所谓生理与心理的一般感觉可以直接生发审美感情这一说法是正确的，但是，倘若像利普斯那样，站在与克劳斯相反的立场上，认为这种心理和生理的因素无论在何种意义上都与审美意识无关，那就未免走

① 克劳斯（1861—1946），德国美学家、哲学家，主张从生理生物学立场解释美与美感。著作有《动物的游戏》《人类的游戏》等。

向极端了。

第二个因素是纯粹心理学的，可以简单表述为“移情作用”。但这种“移情作用”并非利普斯所说的那种严格意义上的“移情”，一般包括知觉与感情的融合，也包括广义上的联想。正像宣长所说的“悲伤时所见所闻都悲伤”，是从极其多样的自然现象的知觉中，在悲伤时融入悲伤的感情，就是对天色、草木之色特别留心并加以选择，使之与心情加以调和而产生的一种慰藉和满足。移情美学主张：我们感情本身的作用，就是将自身加以客观化，而当对象是与我们同样的人类时，叫作“本来的感情移入”；而对象是非人的自然物时，可以称为“象征的感情移入”。对“移情说”所持的这种观点，前一种场合我们完全没有疑问，对后一种即“情趣象征”，我们难免还存有种种疑问。

所谓“象征的”，正如字面所示，是主题与客体之间不单单有“有情物”与“非情物”的区别，在另外种种方面也都有着本质的不同，我们首先感到怀疑的是，人与人之间的感情移入作用，到底能否在人与非人之间发生并且放大？这一点我们暂且先不问，只从上述的“哀”第四阶段的意味来看，我们所面对的对象，是外在轮廓上并不分明的自然现象及整体上的感受。面对整体上千差万别、多种多样的对象，我们靠的不是知性的辨别力和感觉力，而是即时的直观作用本身，而在这种情况下，单靠感情作用如何能够将一定的氛围加以客观化呢？宣长固然说过，悲伤的时候看什么都感觉是悲伤的，但这也只是笼统的议论，实际上在我们对大自然的感情体验中，我们对于对象物的客观性往往是很无视的。因此，即便我们姑且对“本来的感情移入”说完全予以承认，也不会承认“象征的感情移入”仅仅靠单纯的感情移入即可加以说明，我们会在感情移入之外再暗暗寻求其他的原理与解释。特别是像东洋人这样有着发达的自然美意识的人群而言，对于自然微妙的体验，仅仅以此是不能得到彻底解释的。

接下来，我们再来考察第三个因素，我们权且称之为“直观的因素”，这又与“联想”的问题有关。

在历来的心理美学中，否定感情移入之特殊作用的人，通常又把移情还原为“联想”作用。如果将“联想”与我们所说的“哀”的第四阶段意味相对应的话，可以看出所谓“联想”，其实就是遥望秋日空中景色，将其光与色联想为心怀惆怅的人的目光与脸色，将哀愁的感情与秋空景色的知觉联系起来。但是，在我看来，与声音、颜色等单纯的感觉性的感情表现一样，在直接反省的立场上看，我们的体验正如冯·阿莱修[①]等人所主张的那样，在顺序上恰恰是颠倒的。也就是说，我们看到某种色彩，并不是依靠联想而与某种感情联系起来，毋宁说是相反，是从某种色彩中直接“观照”某种感情。换言之，我们是将以某种感情表现出的某种“本质”，在所面对的自然色彩中加以“直观”，由此我们的联想才得以成立。

对此我们不妨以阿莱修曾举出的“火”为例加以说明。比如我们看到红色，首先想到的是“火”，我们并不是从红色中先看到热烈（feurig）的感情与气氛，在顺序上毋宁说是相反的。在这种情况下，即便使用从“火”这个词中导出的“热烈”一词来表示特定的感情本质，也不能拘泥于词语本身。世界上含有“das Feurige”本质的，很多都是属于完全不同范畴的事物，红色是其中之一。其他事物，比如狂奔的野马、声调激越的演说、强烈的意志等，也都是“热烈”的，而“火”这种对象只是其中之一。在这众多的事物中，将某种本质最完全地加以表现，换言之就是在所有方面，在色彩方面、热度方面、动作方式方面，表现最为全面丰富的，就是“火”这一对象

① 当是指Gustav Johannes von Allesch（1882—1967）。

了。相比之下，其他带有红色的东西，都不过是在某一方面含有这一本质。然而，这种情况下一面性和多面性的不同，并不能说明问题的本质。关键的一点是，这个“本质”无论是一面的还是多面的，都可以包含于完全不同的另外的对象中。我们不妨把这一本质称为“das Feurige”。简言之，以联想为媒介对这个“本质”进行直观，并不意味着要依赖联想作用才能把握这个“本质”（对本质的命名属于另外一个问题）。

可以将上述理论套用于“哀”的理解，比如我们仰望秋天黄昏的天空，在那里谛观可以用“哀”来表示的一种“本质”。为了明确这种特殊的本质是什么，我在这里特别将广义上的“哀”的概念与第四阶段“哀”的意味相区别。第四阶段“哀”的意味，如上所述，是一种基于深度和广度的宇宙感所产生的美，对秋日黄昏天空的观照，就是在这种意义上对“哀”本质的把握。即便可以由此联想到人间愁苦的颜色，那也只是偶然的附带现象，对这种场合的审美意识而言恐怕没有多大意义。我认为，无论对这种“联想”所具有的审美意义做何评价，倘若不把上述“本质”直观置于“联想”之上、置于单纯的感情移入之上去考虑的话，那么对“自然的情趣象征”——也包括对“哀”——是绝对不可能充分加以理解的。

审美范畴“哀”的完成

将“哀”第四阶段的意味分化出来，就使得它成为一个特殊的审美范畴，这具有重要的意义。要使这个新范畴的特殊审美内容更为充实并加以完成，还有待于进一步与优美、艳美等狭义的“美”进一步融合，而发展到第五阶段。不过，第四阶段与第五阶段的区别实际上只是特殊审美情感的色调之差，在实际的使用中，要将两者明确加以区别是很困难的。不仅如此，根据观察角度的不同，也可以把第五阶段的意味看作是第三、第四阶段综合发展的结果。在一些较为含糊的用例中，不仅是第四阶段与第五阶段的意味之间，就连第三阶段与第五阶段的意味之间也往往没有明确区别。以下，我们只能置实际上的这些困难于不顾，将大体上属于第五阶段的用列举出若干，以此来完成我对“哀”这一审美范畴的研究。

虽然并没有使用“哀”这个词，但在审美体验的内容上看相当于“哀”第五阶段的例子，可以举出纪友则[①]的《春光和煦》。这首和歌给我们的感觉是在温暖美丽的融融春光中，含有一种不可言喻的淡淡愁绪，朝着一种类似于“Kosmisches Gefühl”[②]的方向展开。当然，从程度上看，这首歌中“哀”第四阶段的要素含量并不多。另一首脍炙人口的和歌是能因法师[③]的“山寺的春天，傍晚的钟声中，花瓣飘落”，哀愁的气氛较为浓厚。（至于诸如这首歌在手法上是否生硬之类艺术价值问题，在此不论。）以上歌例中所把握、所表现的美大体接近于第五阶段的审美意味，但它们没有直接使用“哀”一词，还不能看作是“哀”概念的用例。

我在上文中谈到“哀”第一阶段的用例的时候，引用了《源氏物语》中描写藤壶出家的一段文字，在谈到第四阶段的用例时，又引用了《贤木》卷中描写藤壶出家后“物哀”心情

---

① 纪友则：生卒年不详，平安朝前期歌人，《古今和歌集》编纂者之一。

② Kosmisches Gefühl：德语，意思是“宇宙意识，宇宙感”。

③ 能因法师：俗名橘永恺，生于公元988年，平安朝中期僧侣、歌人。

的一段文字，在此，我还想再举出《薄云》卷描写藤壶去世时的一段文字，多少可以表现“哀”第五阶段的审美意味。当然，从文字表面看，作者描写的是源氏在藤壶死去时的悲伤情状，但其中的“哀”之美，我们可以通过想象而感受到。作者写道：

> ……在诵经堂中待了一整天，哭了一整天。美丽的夕阳照进来，山巅上的树梢清晰可见，山顶上飘浮着一抹薄云，呈灰蒙色，令人格外有物哀之思。

又，《须磨》卷写源氏被流放到须磨前，去亡妻葵上的府上告别时，有下面一段话：

> 破晓时分，天色尚暗，源氏起身准备返回。此时残月当户，景色清幽，庭中樱花已过盛期，而枝头犹有残红，凄美可爱。薄雾迷蒙，与朝霞融为一片，较之秋夜，更有哀之美。

这里表现的是身处逆境时，面对晚春之花所产生的“哀”

之美。

《源氏物语》中的女主人公紫上，是春花一般美丽的女性，她自己也特别喜爱春天，但不幸青春罹病，在感到自己死期将至的时候，为完成夙愿而去做《法华经》供养，此时有一段文字，我认为很接近“哀”第五阶段的审美意味——

> 僧众彻夜诵经，诵经声与鼓乐声相应和，不绝于耳，饶有佳趣。天色渐见明亮，朝霞中种种花草显露出来，香气四溢，春意沁人心脾。百鸟鸣啭，声声不亚于笛音，物哀之情、美妙之景，于斯至极。此时《陵王》之曲奏起，曲终声调转急，听之华美非常。人们从身上脱下衣袍赏赐舞乐者，场面热闹无比。……不问身份高低，无不兴致勃勃。紫上观此情景，自念余命无多，不禁悲从中来，但觉万事可哀。

在《源氏物语》最后一卷，写宇治中君与熏大将一同追忆大姬之死，有一段文字：

> 庭院前有几株红梅，色香俱佳，招人怜爱。黄莺也不

忍从树间飞过，啼鸣不止。此情此景，加之两人一起抒发“春犹昔日春”的慨叹，更显哀之美。

这两段中的“哀”都是同样的含义。

清少纳言在《枕草子》中写道：

秋天是黄昏最美。夕阳照耀，山显得更近了，鸟儿返巢，三四只、两三只地飞过，平添哀之美。

又有：

山顶上，日头欲坠未坠，阳光艳丽，看上去红彤彤的，发出淡黄色的云彩飘浮着，尤显哀美。

这里的“哀”内容看起来单纯，但从所表现的审美性格上来看，是很接近第五阶段“哀”之含义的。

和歌中的例子，也可以举出若干。例如，永仁五年[①]的“歌

---

① 永仁五年：公元1297年。

合”中，有一首歌：“夕阳映照下，浮世有哀色，黄昏钟声鸣。”这里的“哀”似乎很接近第四阶段上的意味，但考虑到它写的是暮春黄昏给人的感受，也不妨看作具有第五阶段的语义。又，《武家歌合》中有一首歌：“樱花盛开色香浓，月光朦胧中，夜来更显哀。”看上去这里表现的只是优美、艳丽等第三阶段上的语义，但多少也有第五阶段的意味。

以下再举出近世文学中的一些例子。在松尾芭蕉的俳谐中，有一首付句是“蝴蝶茫然飞舞，尤为可哀”。此句收入《瓢》中的《歌仙花见》卷中，是对“千部花盛一身田”（作者珍硕）、“顺礼死后，道上起阳炎”（作者曲水）的附和之句。前句写的是顺礼的死，付句中的“哀”应该与之有关，但由于是俳谐，前后句之间未必具有逻辑上的紧密关系。如此看来，这里的“哀”已经超出了特殊的心理意味，而具有了第三、第四阶段的意味，并且接近第五阶段的意味了。顺便说一下，各务虎雄氏在《俳文学杂记》中对芭蕉的这首付句做了如下感想，他写道：“此句中的‘茫然’古来就有很多解释，解释不同对整句的理解就有所不同。我读此句的时候，感受到的是阳春四月的寂寥感。那蝴蝶既不是放心地去追逐花色与花香，而是任凭时有时无的风儿吹拂，在漫长的春日中无目的地飞荡，这就是它的‘可哀’之处。……我读此句，感到的是在现实深处隐藏的对各种各样梦想的无望的追寻，心中不免有寂寥空虚之感。”西洋的浪漫主义文学中有不少作品以蝴蝶作为人的灵魂的象征，芭蕉的付句当然没有这样的象征性，但考虑到前句写的是顺礼其人的死，从芭蕉的心情而言，也不免使人感到这蝴蝶中仿佛也寄寓着一个迷茫的灵魂。同时，它也是春意融融的天地之间令人动容的“哀”的一个象征。

以上，我对“哀”概念的各种用例做了考察。结束这个考察的时候，全书也该结束了。简言之，我要说明：本居宣长将“物哀”作为《源氏物语》全书的眼目，视为作者基本情感的表达，但我认为，他所理解的“哀”的概念还主要是心理学上的意味，可以将此作为理解以《源氏物语》为代表的平安朝文学的一把钥匙，但这把钥匙所能打开的，与其说是这些文学作品的审美内涵，不如说是主观性的素材方面的问题，因而我将宣长的解释进一步向美学方面引申发展，将“哀”的审美意味分为五个阶段，而将“哀”第五阶段的审美意味，即作为一个特殊审美范畴的“哀”，视为平安朝文学的一般基调，认为这种美在《源氏物语》中得到了最充分的发挥和表现。

最后我还想指出的是，我在上文中对“哀”的特殊美学意味的阐释，指的是其本质的、核心的性格。要问“哀”中是否还应该包含更多的意味内容，那么应该说，上述的解释是很难将所有的意味内容都囊括其中的。在我看来，即便“哀”这一概念中还包含着另外种种意味内容，如静谧之美、朦胧之美，等等，但这些恐怕都不是作为一个独特审美范畴的“哀”的本质属性，而是其他审美范畴，如“幽玄”“寂”等所具有的属性。我在研究“幽玄”这一概念的时候，曾试图尽可能广地将所有意味内容都指出来，鉴于它作为一个审美概念在具体使用中具有明显的两义性，为了将它们统一起来，便把这个概念所包含的所有审美因素都加以大体考察。当然，实际上，作为一个审美对象，它可能既是“幽玄”的，也是“物哀”的，也是“寂”（さび）或“侘”（わび）的，各种审美因素的重叠毋宁说是一种普遍现象。但当把它们作为“范畴”来考察的时候，就不能使其相互混同，应该找出它们各自本质的属性来。我在本书的考察中所遵循的正是这样一个原则。

图书在版编目（CIP）数据

物哀 /（日）本居宣长，（日）大西克礼著；王向远译 . — 南京：江苏凤凰文艺出版社，2020.12
ISBN 978-7-5594-5023-4

Ⅰ . ①物… Ⅱ . ①本… ②大… ③王… Ⅲ①随笔 – 作品集 – 日本 – 近现代 Ⅳ . ① I313.64

中国版本图书馆 CIP 数据核字（2020）第 130530 号

物哀

（日）本居宣长　大西克礼　著　王向远　译

出 版 人　张在健
责任编辑　张　倩
特约编辑　姜晴川
装帧设计　陈绮清
出版发行　江苏凤凰文艺出版社
　　　　　南京市中央路 165 号，邮编：210009
网　　址　http://www.jswenyi.com
印　　刷　河北鹏润印刷有限公司
开　　本　787 毫米 ×1092 毫米 1/32
印　　张　10.25
字　　数　169 千字
版　　次　2020 年 12 月第 1 版
印　　次　2020 年 12 月第 1 次印刷
书　　号　ISBN 978-7-5594-5023-4
定　　价　59.80 元